U0941828

王菊梅诗文选

王菊梅 著

中国文联出版社

图书在版编目（C I P）数据

王菊梅诗文选 / 王菊梅著. -- 北京 : 中国文联出版社, 2024.2
ISBN 978-7-5190-5390-1

Ⅰ. ①王… Ⅱ. ①王… Ⅲ. ①诗集－中国－当代②散文集－中国－当代 Ⅳ. ①I217.2

中国国家版本馆 CIP 数据核字(2024)第 033460 号

作　　者　王菊梅
责任编辑　周劲松
责任校对　秀点校对
装帧设计　刘枝忠

出版发行　中国文联出版社有限公司
社　　址　北京市朝阳区农展馆南里 10 号　邮编 100125
电　　话　010-85923025（发行部）　010-85923091（总编室）
经　　销　全国新华书店等
印　　刷　北京启航东方印刷有限公司

开　　本　710 毫米×1000 毫米　1/16
印　　张　20
字　　数　139 千字
版　　次　2024 年 2 月第 1 版第 1 次印刷
定　　价　80.00 元

王菊梅（1949年1月—2023年9月），女，汉族，河南长葛人，曾任河南省人民政府副省长、党组成员，河南省第十一届人大常委会副主任、党组副书记，中共河南省第七届、第八届委员会委员，第十一届全国人大代表，中共第十六次全国代表大会代表。中华诗词学会会员。

菊香梅韵　大爱无疆

（代序）

牛　蕴

本书是王菊梅先生的一部诗文选，收录诗词作品260首，散文作品5篇。作品从1973年至2023年5月，时间跨度半个世纪。

人品即诗品。菊梅先生在《菊花》《梅》两首诗中，所歌咏的一身正气，不媚俗趋炎，不追名逐利，独绽芬芳，就是菊梅的精神品质；所描摹的冰清玉洁，清风两袖，来也菊韵，去也梅香，就是菊梅的秉性风范。

仁心大爱凝诗魂

王菊梅先生忠诚于党和人民的事业，诗作由心而发。在她的作品中，有对改革开放巨大成果的热情赞扬，有对党的二十大胜利召开的振奋高歌，有对完成祖国统一大业的深情期许，有对南水北调工程建设的振奋喜悦，更有对人民群众的无限深情。她在2008年赴汶川看望河南援川人员时写的《援川天使》、2003年非典疫情时写的《访农村》、2020年新冠肺炎疫情中写的《见产假医生·请赴疫区报道即吟》，以及《遇日喀则筑路人》《诉衷情·仰环卫工人》等诗词中，都充满着对民生疾苦的牵挂，对人民群众、对基层劳动者的尊崇，仁心大爱，直撼心灵。

心怀大爱之人，必然是有血有肉立体的人。王菊梅先生有长辈，有亲人，有家庭，有子女，有后代，有普通人的儿女情长，也有自己的私人情愫。

在父亲忌日，她"愧心欠父千壶酒，跪拜升觞泪浸声"（《父忌日》）；母亲病故后，她为自己公务繁忙不能服侍病母而心怀愧疚："母亲卧榻吾何在？忠孝难兼百事稠。"（《饮痛》）母亲百日忌日，她因工作未能奔祭，只能在心底默默哀悼："百日事繁难尽孝，慈亲长悼意凄凄。"（《母亲百日祭未回》）父母去世多年，清明扫墓时，她跪拜父母，寄托缅怀之情："屈膝只有滴滴泪，举首含悲柳送青。"（《清明扫墓》）

去乡下看望八旬的老姐，"相挽笑，万千滋味盈怀抱"（《渔家傲·看望老姐》）；女儿晋级，她高兴地写诗记之："喜鹊穿枝又探窗……榜上小丫新列张"（《女儿晋级》）；孙辈到外地求学，她高兴地写诗鼓励：“树大定能参碧宇，事微勿忘取前筹”，最后不忘交代一句“常怀家国亲情在，得空传书适意稠”（《赠孙儿求学》），舐犊之情溢于言表。

先生是立体的。国事上，她是领导干部，担纲挂帅，为民操劳；家庭中，她是贤妻良母，是女儿，是母亲，是长辈，是手足，有天伦之乐，有家庭美满，有骨肉深情……她是一个有血有肉的人，是一个生命统一体。

归老潜心雕佳句

2013年春天，王菊梅先生即将退休。她填了一首词《鹧鸪天 · 退休》，小结自己的大半生，并为即将到来的退休生活做了“文章今日终觉陋，春暖还乡握笔添”的安排。

先生从小学习成绩优异，作文经常作为优秀范文在班上宣读、张贴。她爱写散文，虽政务缠身，也时有优美的散文从笔下潺潺流出。她爱写诗词，许多早期的诗词遗失了，她保存自己写得最早的一首诗，是1973年秋《送叔父回陇东崇信》。工作中，时有状物抒情、借景言志的诗词作品存于书夹。“告老还乡”后，她回想起自小喜爱的文学，对过去公务缠身、时有中断，特别是无暇研究诗词格律深感遗憾。现在有了可以自己支配的时间，她要再度拿起文学的笔，更下决心突破格律这一关。由此机缘，在时任河南诗词学会副会长兼秘书长尹宏隽同志的推荐下，我认识了先生。屈指算来，距今十年有余了。

先生位高年长，与她讨论学习格律诗词，我开始是有所顾虑的，指出问题时总是小心翼翼，甚至拐着弯说。先生看出我的顾虑，诚恳地说："牛老师，不要把我当成什么领导，退休了，就是一介平民，说问题不用先行铺垫拐弯抹角，那样太浪费时间，就请您单刀直入说最好。"自此，我和她研讨问题时不再迂回，也逐渐形成亦师亦友的关系。

学习过程中，先生与其他学员一样，听我的网络诗词格律教学课，听我所做的公益性诗词写作讲座，参加网上诗词学习培训，和其他学员一样签到、做作业，在微信上讨论诗词，先生要么称我"牛老师"，要么称我"您"，一贯如此。我劝她不要如此客气，她直言道："尊师应该！"

尽管如此，我对外从来没有说过一句先生与我一起学习探讨诗词格律的话。倒是有一次她出面做东宴请河南诗词学会几位主要领导和驻会工作人员时，主动对大家说："我拜牛蕴副会长为师，学习诗词写作！"我非常感动，只能说："本人浅陋，岂敢岂敢，一起探讨诗词写作而已。"

平心而论，我对先生只是在格律入门上起了一点引导作用。很快过了格律关后，她突飞猛进，写的诗词在立意、构思、遣词造句等方面多有奇篇，经常令我拍案叫绝。

她学习的刻苦程度，不输年轻人。学习入声字是学旧韵的重点，也是难点。她戴着老花镜，逐字查工具书，总结学习入声字规律，完成布置的作业。学习结束时，她的入声字知识学得最扎实，应用最准确。她的《习入声字》诗，正是她刻苦学习的写照：

习入声字

炎炎夏日晚来风，玉立清荷月色融。
亭下轻吟入声字，逸神抬望七星逢。

退休的生活是安逸的、惬意的，先生像多数老年人一样，含饴弄孙，尽享天伦之乐。她偶尔也会约好友水塘垂钓、喝茶聚会、出外旅游，但做得最多、用心最专，并当作最大乐趣的，还是学诗写诗，即便外出度假，也不忘带上诗词工具书。2023年2月，她专门写的三首诗《偶发》《静享北龙湖》《漫步熊耳河畔》，“夕照桑榆韵律痴”“朗光诗韵客清心”“捧书老者醉诗行”，真切地展现了她对韵律（诗词）的酷爱。

在先生的眼里，日月星辰、花草虫鱼、绿柳碧水、人们活动都是诗，她的眼前脑海皆是诗，她生活在诗的世界，享受着诗意的生活。

格高味厚诗律细

王菊梅先生多地任职，明大道，知民意，入世深，感悟多。这些难得的经历与文学修养相得益彰，在思想性、艺术性上成就了她的诗词散文。

她的作品，情真、味厚、格高，无哗众取宠之意，有实事求是之心；无故弄玄虚之态，有真情实感之魂。很多诗文，是对历史的真实记录；很多语言，是心底涌出的佳构妙句。再加上本书体例是按照时序排列的，读起全篇，就像是一部编年史诗，一个心路历程，读者可借一斑而窥全豹，阅读她高洁的情怀和丰富的内心世界。关于“情真”，我们在前面已做了不少欣赏，这里侧重从“格高”“味厚”两方面进行分析。

先说“格高”。陈善《扪虱新话》引林倅语：“诗有格有韵，故自不同。如渊明诗，是其格高，谢灵运‘池塘生春草’之句，乃其韵胜也。格高似梅花，韵胜似海棠花。”所谓格高，即指作品能引导读者进入一种高尚的境界。诗格取决于人格，好的诗词，能反映作者高尚的人格和审美趣味。让我们来看她的作品：

干枝梅

（新韵）

裁冰剪雪笑迎风，玉透凝脂瓣蕊明。
莫憾绿云时未见，报春香暗世情钟。

梅花为“先花后叶”，盛开之时除了枝就是花，没有一片叶子。故此，人们将这时的梅花爱称为“干枝梅”。

前两句用拟人手法，集中表现干枝梅的形象和特点。首句写梅花顽强的战斗精神。“裁、剪、笑、迎”几个动词的准确运用，突出了梅花不畏严寒冰雪、主动迎击的姿态，充满乐观主义的精神。次句则从形态上具体描写梅花，从形态和神韵上展现了梅花的高洁。

后两句既像梅花的心灵自白，又像诗人的议论。“不要遗憾此时绿叶还未吐出，梅花报春的暗香一直对世间情有独钟。”一下子把梅花的境界提升了层次，“干枝梅”敢为天下先的报春使者形象栩栩如生。

本诗无论从主题提炼上、素材选取上，还是结构安排上，都非常精彩，格调高雅，堪称佳作！

咏物诗，是诗人咏物托志的重要渠道，要旨就是“格高”，历代仁人志士，都喜欢用咏物诗来表达自己的志向、胸怀、憎恶、理想。除《干枝梅》外，先生还写了许多咏物诗，咏物抒怀，托物言志。

她笔下的小草，开着洁白的小花，散布在野地里、田埂上，披云沐风，默默地装点大千世界，风云雷电不改初心。当遍地芬芳、百花竞艳时，它最欣慰、最开心（《卜算子 · 小草》）。

她笔下的椰子树，沐浴着炙热的骄阳，扎根沙滩贫瘠的土壤，结出的是甜蜜的果汁（《椰树礼赞》）。

她的七律《壶口瀑布》，描绘了壶口瀑布磅礴的气势，宽博的胸怀，勇往直前，日夜兼程，为民造福，永求安澜。这种精神，不正是她内心深处所追求的吗？

再说“味厚”。《沧浪诗话》的作者严羽说：“诗有别趣。”也就是说，诗词不能说教，要有趣味。这趣味的概念似乎模糊难定，严羽喻为“羚羊挂角，无迹可求”。其实，抒情有情趣，状物有物趣，说理有理趣，诙谐有谐趣，都可称为诗趣，都可使读者在阅读中受到感染，受到启迪。

诗趣可以增强诗的可读性，一首趣味性很强的诗，能使人过目不忘，铭刻于心。请看她的《卜算子 · 春夜》词：

卜算子

春　夜

词作适逢“两会”召开

飞鸟渐无声，月照庐前杪。
村野留童抱被眠，梦笑慈怀抱。

父母在何方？劳务云行峭。
良策春来好解题，喜看花枝俏。

好词！本词起点高，诗味浓，意境美，构思奇巧。开篇营造了一个春天月夜景象：飞鸟栖息了，渐渐没了声音，月光照着房前的树梢。乡村的儿童抱着棉被进入梦乡，梦中微笑着，进入慈亲的怀抱。多么美好的画面，背后却是"只有在梦中才能与父母相见"的悲苦离别，怎能不令人动容。

"父母在何方？劳务云行峭。"原来父母都到外地务工去了。尤其是"云行峭"颇有深意，也符合儿童观察事物的特点，父母到很远的地方务工，留守孩童不可能知道具体地址，只能看着天上变幻不定的云彩，判断着父母的大体方位。"峭"，是如山般陡峭，云峰如山，它隔开了父母与孩童的联系——这座云峰，孩子是攀越不了的。

词人为解决留守儿童问题备感焦心，路在何方？末尾两句："良策春来好解题，喜看花枝俏。"大巧大好！"良策"自然是"两会"代表们的建言献策，这些或有解开难题的方略，政府采纳了良策，会推动解决留守儿童与父母的分离问题，终将"喜看花枝俏"。

本词表现的是小细节，说的是大主题，小题材反映大课题。非高起点、高立意、高境界、大胸怀不能为之。

捎带说一句，这首词作也是写政治题材诗词的典范。若你去写"两会"诗词，怎么写？单纯写会场情况当然可以，但先生抓住"两会"代表议案一个点，独辟蹊径，开辟新的角度，为我们避免千篇一律地表现重大事件，创新了一个思路，树立了一个好的样板。

再请看先生的《回家》诗：

回　家

陌上梅枝竞放花，手携背负走娘家。
当年茅舍不知处，绿树红楼嬉戏娃。

虽是写回家的普通题材，却有新的角度，这是以小见大的典型。

首句写景，明快活泼；次句写人，鲜明生动，让读者不由得想起民歌《回娘家》，一雅一俗，异曲同工。此后，笔锋一转，设计了一个找不到娘家的情节，当年的简陋茅舍，现在变成了绿树红楼。本来变化就够大了，作者还嫌不够，又设计了嬉戏的儿童。静态的楼房树木，配上嬉戏的顽童，这个设计更别具匠心！画面一下子活起来了，一动一静，动静结合，更显儿童的活泼可爱。全诗没有说一句乡亲们生活富裕安定，而祥和之状如在眼前。至于主人公的心理活动，诧异、欣喜等，是如何找到娘家的，虽一句未说，但读者完全可以通过联想想象出来。到此戛然而止，造成了含蓄隽永的艺术效果。

诗人对新时代的讴歌，充满了抒情色彩，但却并未干巴巴地发出议论，而是赋感情于形象之中，寓故事发展于情节之中。这是非常巧妙的，本诗是不可多得的佳作！再看她的《卜算子 · 抗疫》词：

卜算子
抗　疫

疫袭百重愁，挂在斜阳树。
月色情牵不寐人，探讯居家处。

玉女赴方舱，脉脉温情护。
汗滴千千万万行，都汇丹心赋。

先生晚年的诗词，越写越精彩，达到了很高的艺术水平。该词就是2022年11月4日吟就的难得的佳篇。

这首词，生动地描绘出医护人员（玉女）奔赴方舱医院，家人牵挂、夜不能寐的场景，把读者带入一种意境中，感受到词人忧国忧民、盼望战胜疫情的真挚炽热的感情。尤其是首两句“疫袭百重愁，挂在斜阳树”，用通感修辞手法，把无形的愁绪形象化了，可以“挂”到树上；夕阳斜照，更添愁绪，更有意境。这种愁，是忧国忧民的愁，无关个人的“小我”之绪。真诗家语，大好！

再看她的一首绝句：

无　奈

（新韵）

小猪月夜竞兜风，结党越栏横路中。
高速新城十里外，泊车成海尾灯红。

诗后作者加注：“小猪句，2007年1月自西安返郑途中，见运输车没罩网，一群小猪在公路上乱窜。”

出差途中，一次意外的小插曲，一次无奈的经历，竟被她纳入诗中。前两句的“兜风”“结党”等词，巧用拟人手法，写出了当时状况，诙谐、幽默，让人忍俊不禁。这就是谐趣。

最后说“诗律细”。杜甫有诗云：“晚节渐于诗律细”“新诗改罢自长吟”。也就是说，杜甫的后期诗歌创作，在声律、意象、情感等方面都更为讲究，不断精益求精。

先生早期诗词作品，信手拈来，不太注重格律。在刻苦学习熟练掌握了诗词格律以后，写诗填词总是千推万敲，为吟妥一字，反复斟酌，反复查找工具书，反复修改，直到自己完全满意为止，并以超强的毅力，对往期作品逐首按律修改，付出了极大的心血。她的后期诗作，既注重主题的提炼、意境的营造、词句的推敲、角度的新颖，又特别注意格律的准确、对仗的工整等诗词要素，有不少作品达到了很高的艺术境界。

最后谈谈她的散文。收入本书的散文有五篇。入篇读来，立刻被她真挚的感情、细致的观察、优美的笔触感染。我们可以看到她对故乡、对英模有化不开的情愫，可以看到她对客观世界红尘生活有独到的视角，可以看出她深厚的文学功底。如果不是从政，她完全可以是一位优秀的知名作家。即便是繁忙的政务，也没有耽误她成为一位优秀的诗人、作家！

诗心长存成追忆

在王菊梅先生最后的岁月里，诗词始终伴随着她，丰富着她对生命的理解，鼓励着她与疾病抗争。

我查了2023年我与先生的微信聊天记录：

3月27日，讨论她的一首诗。

4月3日，讨论她出版诗集的体例设计。

5月30日，她在朋友圈看到我去新乡县采风写的十几首诗词（其中有在新乡县刘庄采风的诗），特意在微信里留言："牛老师，欣赏了您采访新乡县时赋的一组诗，很受教育。诗词充满了深情，'新村久伫思喷泉'一语使我泪泉涌，振精神，百倍怀念英模，怀念人民公仆。谢谢您的作品！王菊梅　2023年5月30日。"此时，她正在上海疗病，仍关注着故乡的劳模人物，关注着我写的组诗。

6月10日，她微信发来了她撰写的诗集的后记。

8月1日，为出书事宜向她打微信电话，未接，又接着两次打手机电话，仍未接。我心中已有不祥之兆！第二天，她的亲属打来电话，证实了我的猜测，来电说，她身体不好，不便接电话，有事可以通过亲属转达。

又过几天，我再次向她的亲属问候她的病情，亲属仍说她身体不太好，不适合接电话。至此，除了她亲属只言片语地转达她的意思外，我与先生联系彻底中断，微信上也再没有一行她的文字。

9月20日，我到安徽出差途中，接到她亲属打来她已于当天去世的消息，简直如晴天霹雳！

先生逝世后，她的亲属给我发来她生前保存在手机里的三首绝句——可以说是她的绝笔。我含着热泪读了这三首诗：

病榻吟（三首）

其一

浦江名盛久萦怀，沪上每临风驾来。
衣重力微今远望，浪花无语未帆开。

2023年5月16日

其二

穿云钩月落西山，病痛并煎夜不眠。
再世华佗疗痼疾，别坊破晓倚窗前。

2023年5月28日

其三

蜃楼远眺浅涵烟，俯瞰绿荫江照闲。
羸弱露台多慰藉，阵风约过可舒颜。

2023年5月28日

这三首诗原散见在她的手机里，“其一、其二、其三”是我后来编辑时加的。从诗里可以看出，此时的先生，身体已经非常虚弱，病痛并煎，夜不能眠。但她仍不想麻烦别人，怕人们牵挂。这是她的一贯作风，为别人想得多，为自己想得少，只怕麻烦别人，宁可苛求自己。

2023年中秋节夜晚，我望着一轮皎月，写下《中秋月夜》一首，怀念王菊梅先生：

中秋月夜

（新韵）

桂魄一轮穿树明，姮娥疑照故人踪。
东风渠水波光闪，也觅高天那个星。

2023年10月8日于郑东新区

目录

诗词

散　文

诗词

林芝行

韵用《平水韵》上平声一东，首句用邻韵

梦幻林芝万里行，直如稳坐轿抬中。
雪融流玉涛声响，山竞堆青鸟曲融。
绿地牛羊迎远客，红楼花卉伴村翁。
昔愁茶马云途险，惊羡今朝砥路通。

2011 年 9 月

获“光荣在党50周年”纪念章有感

韵用《平水韵》上平声一东

溢彩金章泪眼红，百年青史醒怀中。
笃行强国一宏愿，不辍安民半寸功。
山野济扶田野饮，灯光研读月光逢。
风斜雨织初心在，眺远魄凝梅骨同。

2021年7月28日

（荣获纪念章无比激动，余生仍将保持共产党员的志气、骨气、底气）

送叔父回陇东崇信

韵用《平水韵》上平声十五删

迢迢西北梦萦间，
淡月微云川又山。
烽火离家三十载，
依依今送几回还？

1973年秋

荒　宅

新韵　韵用《中华新韵（十四韵）》十唐

无情雨雪掠残墙，隐隐墟园久寂荒。
洒泪故鸽呼旧主，寻食野鼠卧横窗。
安得九品披星月，不顾一庐欠檩梁①。
祭扫清明香作木，三兄广厦举银觞。

1984年4月

〔注〕①欠檩梁：因资金短缺，建房时没用檩条。

父忌日

韵用《平水韵》下平声八庚

乡野雪飞坟土冷，
阶前风柏鸟哀鸣。
愧心欠父千壶酒，
跪拜升觞泪浸声。

1987年2月26日

下　乡

新韵　韵用《中华新韵（十四韵）》五微

南村遥在云门[1]北，耀眼峦峰雪磊嵬。
四望云天连所向，一滑冰地动心扉。
身前凝固寒千丈，车后裁开槽几陂。
为问乡屯农改事，定神搓袂未思归。[2]

1988 年 2 月 20 日

〔注〕①云门：云门山。
②为问句：1988 年春节前后，几场大雪，覆雪没膝，山路不分，这时县里组织农村制度改革调研，余赴南村乡一路所感。

千户苗寨

韵用《平水韵》下平声十一尤

翠掩红妆吊脚楼，
蚩尤身后动神州。
古歌寨老云深处，
倩影芳心待客周。

1992年5月

减字木兰花
车塞公路

韵用《词林正韵》第三部

一时千里，展翅银鹰轻闪起。
蟠曲停跻，车马蜗行迟向西。

浑身汗水，蝉喘风藏炎日厉，
几度唏嘘，远望前方倦客期。

1996 年 7 月 15 日

〔注〕上阕“里、起”为第三部仄声；“跻、西”为第三部平声。
下阕“水、厉”为第三部仄声；“嘘、期”为第三部平声。

怀念病中的母亲

词韵　韵用《词林正韵》第七部

怅望家门立阶上，
迢遥白水见岚烟。
陉山落日问音信，
唯带寒风飞鸟还。

1998 年 4 月

同窗秀芝

新韵　韵用《中华新韵（十四韵）》九文

碧立婷婷清雅韵，
常怀疴重不呻吟。
芳容总见三分笑，
偏在盛年珠玉沉。

1998 年秋

抗　洪

韵用《平水韵》下平声十一尤

一城洪水一怀忧，雨骤风狂不肯休。
黄浪滔天接云涌，青禾拔地逐波流。
战湍救溺扶危难，堵溃植桩投激流。
勇士屠龙生死以，没胸浊泛吾同修。

2000 年 12 月 1 日

（2000 年夏，南阳遭遇持续特大暴雨，市政府连夜部署了抗洪抢险工作。在办公室同志和武警战士小韩的协力下，余蹚过没胸的激流，察看险中居民）

无 题

韵用《平水韵》下平声十二侵

年年秋半月如银，
玉兔今宵入穴深。
漠漠庭林幽更好，
异乡来客独清心。

2001年9月2日

南歌子
女友愤

韵用《词林正韵》第十二部平声

初嫁遗韶秀，新居浸冷霜。
晨昏劳作不能偿，时遇荆枝相向痛肝肠。

冷枕元无梦，深更几解方。
分飞千嶂女彷徨，一任狂吹黄叶堕斜阳。

2001年10月

永遇乐
雨中看望疫情患者

韵用《词林正韵》第七部仄声

铁马嘶风，迅雷甚雨，午色疑晚。
巷陌汪汪，黄浆四溅，伏热襟滴汗。
心沉入户，语柔问患，执手祝卿康健。
医精治，帮扶尽善，罗敷靥开眉展。

忆瘟初袭，惶惶闾巷，稼穑艰难可叹。
老幼孤寒，鸳鸯失半，锁黛清泪潸。
今堂“福”倒，羔禽欢唱，春破艳阳送暖。
新张禧，丁兴业旺，情深梦远。

2003 年 7 月

（2003 年 7 月，陪有关领导赴基层调研，触景动情，以记之）

饮 痛

韵用《平水韵》下平声十一尤

怀念村头土一抔，
垂珠寒露滴深秋。
母亲卧榻吾何在？
忠孝难兼百事稠。

2003 年 9 月

访农村

新韵　韵用《中华新韵（十四韵）》十二齐

登门慰患访村医，
妇诉凝眉少小啼。
夜寂始归心作痛，
月中清露点征衣。

2003 年秋

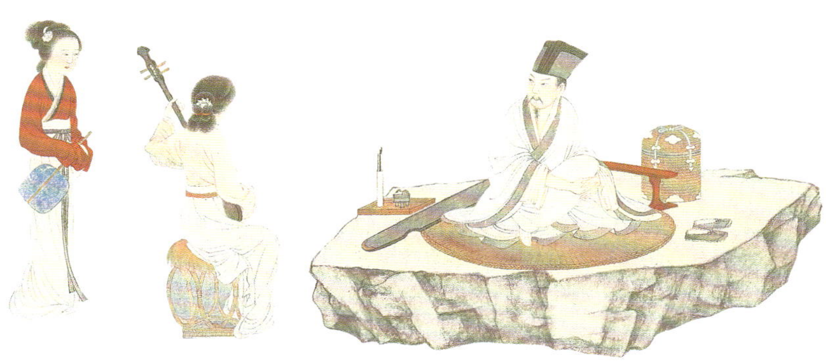

梅

新韵　韵用《中华新韵（十四韵）》八寒

生就冰心骨质寒，
不择野岭并荒园。
枝头疏密都归好，
总是报春辞旧年。

2004年12月

母亲百日祭未回

韵用《平水韵》上平声八齐

飞针走线女儿衣，
灯火三更欲晓鸡。
百日事繁难尽孝，
慈亲长悼意凄凄。

2005年1月1日

思　痛

新韵　韵用《中华新韵（十四韵）》八寒

客岁母登仙，
泪呼白草间。
今思千里外，
恍见倚门前。

2005年2月8日

家

新韵　韵用《中华新韵（十四韵）》四开

堂上红榴巷子槐，
青砖黛瓦四合宅。
嘈嘈切切银成品，
甬道青青雅客来。

2005年2月8日

（儿时家以加工银饰为生，虽无大富却不沉寂）

如梦令
领导访基层村庄

韵用《词林正韵》第四部仄声

除夕琼花盈路，领导慰绥农户。
忱问暖和寒，尤道医疗资助。
诚笃，诚笃，但使满园春驻。

2005年2月8日

过桐川

韵用《平水韵》下平声一先

四月瑶华天际远，长桥小立爱桐川。
舒裙仙子伴云影，穿柳燕儿嬉水烟。
长念清明花信祭，忽生丹桂月光怜。
荷锄劳作人乘鹤[1]，恭掬鲜花向墓前。

2005 年 4 月

〔注〕①人乘鹤：已故的父母。

赞英模母

韵用《平水韵》上平声四支

艳阳明媚三春煦，
浑玉璞金禀本奇。
盛夏隆冬自艰苦，
树人树木两相宜。

2005年4月5日

村　心

新韵　韵用《中华新韵（十四韵）》十四姑

清溪村北风南竹，
袅袅炊烟唱鹧鸪。
最忆乡邻抚童暖，
真情透骨谊难书。

2005年4月20日

临江仙
驿城防汛

韵用《词林正韵》第七部平声

风雨弄狂心欲折，苗田横被摧残。
河渠水库抗洪艰。
行舟公路上，念舍万千间。

昨夜上堤勘险漏，今晨入户皆安。
多年乡梦未曾删。
正阳千里远，命运紧相连。

2005年7月11日

渔家傲
中秋梦母

韵用《词林正韵》第十二部仄声

金桂风来香户牖，玉盘辉照银屏绣。
驾鹤高堂开笑口，慈母厚，柔声轻问端身候。

垂报路遥中少逗，未成大事生难苟。
鱼弄清波垂岸柳，争举首，绿城广厦重霄九。

2005年9月

退思园偶感[①]

新韵　韵用《中华新韵（十四韵）》十一庚平声

槅窗雪牖步移景，
寒岁雅居迎客厅。
不泯雄心尘世隐，
三春两晋数公忠。

2005年10年26日

〔注〕①退思园位于苏州同里古镇，主人叫任兰生，曾任多地按察使职务，上位后做事上心，得百姓喜欢与青睐，后被人迫害，不得不辞职返乡，后再次修建了这座景致优美的园林，并大办家学、义庄，为宗族谋求幸事。

留园偶发

韵用《平水韵》上平声十灰

春柳夏荷秋玉桂，
池涵石瘦费心裁。
留园能赏未心可，
不忿尊卑男女哀。

2005 年 10 月 26 日

（留园独具匠心，风雅宜人，但男尊女卑的封建礼教令人不悦，因记之）

思　亲

韵用《平水韵》下平声七阳

夜深风雪叩寒窗，
睡意阑珊念絮长。
小袄暖心谁引线？
母亲缝就爱千行。

2006 年 1 月 21 日

潜艇见闻

韵用《平水韵》上平声十四寒

山浮碧浪泛鸥欢，
柔叶绕礁珊染丹。
童叟眉开遥指处，
成行鱼贯海晴宽。

2006年7月30日于凯恩斯

弄潮观

韵用《平水韵》入声十药

弄潮不惧凶兼恶，
雪岭千秋凭涨落。
斜卧沙滩笃静观，
波推浪起娴如鹤。

2006年7月31日于布里斯班黄金海岸

鸡冠洞奇观

韵用《平水韵》下平声一先

君山滴翠润栾川，玉洞琼林袅紫烟。
冰柱千姿巨龙舞，浮屠七级盛唐迁。
仙家拜寿含深意，僧侣取经怀恪虔。
蓦岭听弹古琴醉，夫妻恩爱吻千年。

2006年8月

地热奇观

韵用《平水韵》下平声七阳

远山苍翠近茫茫，
深黛层岩浅染黄。
雾绕云腾真胜境，
蓝池[1]国色润天香。

2006年8月2日于新西兰路托鲁亚

〔注〕①蓝池：间歇喷泉，是几处喷泉中最大的一处。每天喷发10—25次，喷发高度通常有16—20米，有时高达30米。从路托鲁亚往淘波，一处泥浆池就似一口特大的锅，地热高温使锅中的泥浆不断沸腾，这里的人们用地热的水温养虾。

过渑池

韵用《中华新韵（十四韵）》十唐

涌碧风清一叶黄，
巡察疾控过山乡。
当年曲背插秧处，
硕果枝头频送香。

2006 年 9 月 11 日

（赴三门峡察看农村医疗，途经曾经工作过的义马、渑池，顿觉十分亲切）

观都江堰

韵用《平水韵》一先平声

鱼咀分江惊世堰，
宝瓶口启越千年。
李冰父子载青史，
造化江山万顷田。

2006年10月1日

聚重阳

韵用《平水韵》下平声七阳

茱萸斜鬓趁重阳，
稚笑孙儿奉菊黄。
蓬户旧醅随意乐，
家风清洌味绵长。

2006 年 10 月 30 日

女儿晋级

韵用《平水韵》下平声七阳

喜鹊穿枝又探窗，
暖衾闲着漫思量。
是何催促客来报？
榜上小丫新列张。

2006年11月30日

和友诗

韵用《平水韵》上平声四支

流萍叶泛稀，风起漾涟漪。
日照色尤艳，月来光更奇。
冰心定生果，天道必伸枝。
复始新元日，等闲千里驰。

2006年12月31日

（友委屈，诗诉，和诗劝之）

印象成都

韵用《平水韵》下平声一先

等闲识得蓉城面，
岷水润芳山逸然[1]。
翠竹四时妆不卸，
婷婷妹子比天仙。

2007年

〔注〕①成都市内南河自古是李冰修都江堰时从岷江干流上分流出来的一条支流。

东四义

新韵　韵用《中华新韵（十四韵）》一麻

翠苑曲桥红碧瓦，
谁言四义是农家？
分明玉宇由天降，
竹扫一声誉满华。

2007 年 1 月于晋城文明村

迎春会

新韵　韵用《中华新韵（十四韵）》十一庚

文敲事永袖洁清，云去风来自克容。
上策国家大方略，下忧百姓叶枝情。
公仆常见奔波影，兄妹稀闻唱和声。
非若迎春相雅聚，谁知无处不精英。

2007 年 1 月

（平日，呕心沥血；迎春，歌舞流韵。今记之，以酬同人）

全国新农合会议在西安召开

新韵　韵用《中华新韵（十四韵）》二波

草木萌新势郁勃，
寻方问药去沉疴。
古都摄魄风光好，
戴月归来早撒播①。

2007 年 1 月

〔注〕①早撒播：喻迅速传达落实会议精神。

无　奈

新韵　韵用《中华新韵（十四韵）》十一庚

小猪月夜竞兜风[①]，
结党越栏横路中。
高速新城十里外，
泊车成海尾灯红。

2007 年 1 月

〔注〕①小猪句，2007 年 1 月自西安返郑途中，见运输车没罩网，一群小猪在公路上乱窜。

愧 闲

韵用《平水韵》下平声十一尤

青岚雨霁草含羞，
柳岸初红结伴游。
坐惯案前星斗满，
偷闲又愧岁槎流。

2007年3月1日

十六字令
飞机狂颠（二首）

韵用《词林正韵》第一部平声

其一

风，掠过青林啸碧空。
狂顽态，相伴返商城。

其二

风，爱恋三春恨九冬。
能柔否？月月养花红。

2007年5月17日

南歌子
观小浪底水库排水排沙

新韵　韵用《中华新韵（十四韵）》十二齐平声

大坝喷云雾，岷山拱虹霓。
苍龙贯日向东驱，异重流、金沙涌，六千七。

回首湖澄碧，迷睛锦鲤奇。
旧时悬水旧时堤，敢是祸殃不再旧时期。

2007年7月

（小浪底排水排沙一次6700万吨）

别同人

韵用《中华新韵（十四韵）》六豪

躬耕府苑冶贞操，
拈笔凝神作细雕。
莫道不知琴瑟笃，
握别横泪付神交。

2008 年 2 月 26 日

（政府同人，德才兼备，临别记之，当永自励）

清明扫墓

新韵　韵用《中华新韵（十四韵）》十一庚

但记严慈好笑容，
古稀墓地似闻声。
屈膝只有滴滴泪，
举首含悲柳送青。

2008年2月28日

长相思
植三八林迎北京奥运会

新韵　韵用《中华新韵（十四韵）》十一庚平声

草青青，麦青青，山岭平川沐暖风。
闻莺哢哢声。

水一层，土一层，镐荡挥云新树婷。
喜迎盛会中。

2008年3月

领导同志看望疫区病人

古风　韵用《词林正韵》第十一部

征尘未始清，便探疫中农。
傍榻情先起，阅笺三寸耕。
问寒且嘘暖，服药可疏轻。
阻断母婴链，畅通医患情。
乡亲识厚意，满面沐春风。
握别还重嘱，疗伤应谨行。
居高忧僻壤，尽瘁佑民生。

2008年4月

张家界母子峰

韵用《平水韵》下平声八庚

惜怜温厚襟前子，
品格超然两嶂明。
山石谁知有人事，
齐天仰望母柔情。

2008 年 5 月

游阿莫尔湖

新韵　韵用《中华新韵（十四韵）》九文

潋滟波光翠景深，
凤翔芦荡鸟依人。
短笛画舫和心共，
愁绪飘然挂野云。

2008年5月9日

卜算子
小　草

韵用《词林正韵》第十一部仄声

洁白草星星，漫散田中埂。
披惯闲云沐惯风，无欲神恬静。

纵使起风云，濡沫情恒永。
遍地芬芳竞艳时，最是开心境。

2008 年 5 月 17 日

援川天使

韵用《平水韵》下平声一先

乱石飞空骤入川，月光嵌影药承肩。
心随蓬户初婴哭，意逐诗城晚毫煎。
食浸泥尘无怨色，簟沾血汗结情缘。
天香从不因风起，山野花开朵朵莲。

2008 年 6 月

（2008 年 6 月和柏栓主任赴江油看望河南援川人员）

游镜泊湖（二首）

其一

韵用《平水韵》去声十八啸

临风揽胜波幽眇，一袭翠华山绝俏。
女子轻舟展绮罗，清平镜泊羡年少。

其二

韵用《平水韵》上平声二冬

临风镜泊水云空，翠色沾衣慰客容。
尾尾轻舟年少女，抒情堰塞泪盈胸。

2008年7月

湿地情

韵用《平水韵》上平声八齐

无涯静谧扎龙地，
芦映湖光鸟聚溪。
昨夜梦逢丹顶鹤，
今朝结友笑衔绨。

2008年7月

长白山七月

折腰体　韵用《平水韵》下平声七阳

山遥长白总相望，花甲登临如少狂。
松阵朝朝绿风好，苔痕岁岁碧原芳。
千里镶成圣池水，万年舞就瀑流长。
诗心难写真神处，惟愿秋来试暖阳。

2008年7月8日

游净月湖

韵用《平水韵》上平声一东

净月雨朦胧，
垂钩蓑笠翁。
徐行喜都[①]道，
挽袖沐松风。

2008年7月10日

〔注〕①喜都：长春古称喜都。

浣溪沙
老黑山（火山）熔岩拾趣

韵用《词林正韵》第七部平声

石海茫茫远接天，
波涛人见我思绵，
淡烟轻笼画中帆。

白桦[1]喜逢郎在陌，
秋阳暖照洞成仙，
浮生奇遇石盘旋。

2008年8月

（火山本可怖，但在讲解员口中的遗迹，
千姿百态、妙趣横生、祥和可爱，因记之）

〔注〕①白桦：喻指少女。

2008 奥运开幕式即赋

韵用《平水韵》下平声一先

鸟巢歌放舞翩跹，火树银花妆夜天。
画卷展舒三百里，江山锦绣五千年。
字源仪礼丝之路，今韵新风老者缘。
世界同欢同梦境，枝枝橄榄化团圆。

2008 年 8 月 8 日

走宁夏

韵用《平水韵》下平声六麻

风光塞北誉天下，岁月沧桑谱典华。
贺赖丹崖为绮柱，大河广水润田家。
晶晶宝石[1]交明月，串串红珠[2]绘彩霞。
异域风光人欲醉，又闻远野奏胡笳。

2008 年 9 月

〔注〕①宝石：喻指星星，传说宁夏是星星之乡。
②红珠：喻指葡萄。

菩萨蛮
旅红旗渠怀昨

韵用《词林正韵》

太行巍峭蛟龙舞，峰峦润色泽鹦鹉。
鹰嘴啄飞崖，洞弯吟彩霞。

险崖双展凤，钎斫英雄颂。
饿腹气凌寒，铁肩挑泰山。

2008 年 11 月

〔注〕上阕“舞、鹉”为第四部仄声；“崖、霞”为第十部平声。
下阕“凤、颂”为第十一部仄声；“寒、山”为第七部平声。

菩萨蛮
红旗渠叹

韵用《词林正韵》

游龙崖绕波涛挺，润滋干涸田千顷。
老者铲荒蓬，青年凿洞雄。

波槽横涧控，崖荡绳飞凤。
腹饿就藜羹，天河尧舜惊。

2008年11月

〔注〕上阕“挺、顷”为第十一部仄声；“蓬、雄”为第一部平声。下阕“控、凤”为第一部仄声；“羹、惊”为第十一部平声。

菩萨蛮
小雪观竹

韵用《词林正韵》

城墙厚土观园竹，拔高苍劲骄姿酷。
天绘雪花图，微微青色疏。

北风寒瑟鼓，似在心中抚。
人老盼春初，笋芽新吐株。

2008 年 12 月

〔注〕上阕“竹、酷”是第十五部入声；“图、疏”是第四部平声。
下阕“鼓、抚”是第四部仄声；初、株是第四部平声。

五指峰

新韵　韵用《中华新韵（十四韵）》十一庚

凝香玉翠五连峰，
轻绕云烟傲太空。
燕剪风裁竹径醉，
万泉水上棹歌声。

2009年

拜　春

韵用《平水韵》上平声二冬

寒随鼠驻踪，
春逐劲牛彤。
惟愿占风候，
年来造物丰。

2009 年 1 月 25 日

浪淘沙
丹丹泪

韵用《词林正韵》第五部平声

妇少境堪哀，对月难排。
秋凉暑热卉花开。
庭院山川都是影，空照情怀。

西口本施才，音信沉埋。
沾花附凤上高台。
密线青衫含泪盼，窗倚谁来？

2009年3月

（《走西口》丹丹遭遇小丈夫。待其成人，送西口，却被遗弃。悲哉，怨哉！）

长相思
怀丹丹

韵用《词林正韵》第七部平声

纺不闲，纫不闲，
明灭萤光妆泪残。
春衫待试穿。

梦一帘，情一帘，
潦草休书坠雁寒。
谁怜弃妇贤！

2009 年 3 月

（《走西口》一情节叹）

拜谒韶山

韵用《平水韵》下平声八庚

山峰叠翠水澄明，
日冉韶山月共情。
青瓦黄墙擎伟业，
五洲共望访旗旌。

2009年4月

卧　雪

韵用《平水韵》上平声十一真

玉龙恬淡素披银，
醉卧红袍一片鳞。
常记身轻无羽翼，
飞车越谷送游人。

2009年4月

洛阳邮展

新韵　韵用《中华新韵（十四韵）》一麻

一城秀色半城花，
便士百年邮事佳。
方寸载得天地阔，
相识异陌共一家。

2009年4月

观泼水节

新韵　韵用《中华新韵（十四韵）》八寒

万门千户笙歌伴，
心悦晴空百卷泉。
男女狂欢真稚子，
水泼曼妙历千年。

2009 年 5 月于云南

长相思
观《七品》剧

韵用《词林正韵》第七部平声

渠青莲，塘青莲，分秀天枝女县官。
安民定不闲。

爱有源，恨有源，法理人情母子间。
昭明善德全。

2009 年 6 月 10 日

延安情

韵用《平水韵》下平声一先

宝塔巍巍常入梦，
延河望眼水波穿。
枣园纺线声犹在，
历历征程夜未眠。

2009年8月19日

小憩东风渠

新韵　韵用《中华新韵（十四韵）》十二齐

河畔棚栏驹半隙，
碧波涵柳逗红鱼。
莺飞蝉唱神怡醉，
老姊伴闲孙绕膝。

2009年8月30日

村　归

新韵　韵用《中华新韵（十四韵）》八寒

朝行绿水边，暮倚翠竹前。
村野尽丰貌，楼台少缕烟。
乡亲道深意，兄妹叙先贤。
行远四十载，独钟故土园。

2009年7月

阿德莱德植物园的白花

韵用《平水韵》下平声十二侵

千红万紫景园深，
清脆弦音过茂林。
只候高情无别物，
白花冷澹雪冰心。

2009年10月

镇赉芦苇荡

韵用《平水韵》下平声八庚

秋色照空静，
风摇苇浪轻。
清琴未曾鼓，
鹤语满舟情。

2009年10月

徽州考察翠竹伴途

韵用《平水韵》下平声十二侵

掠影无边竹，山行不觉深。
峰高月衔叶，溪翠水亲林。
久赏风神舞，时听天籁音。
云交多雅士，直慕筱篁心。

2009年10月

黄山游

韵用《平水韵》下平声八庚

层峦莲簇[1]远，万壑翠云明。
怪石飞天柱，清溪秀水声。
金丝[2]迎栈道，裸壁挂奇松。
太白生华梦[3]，君游自忘情。

2009 年 10 月

〔注〕①莲簇：喻莲花峰。
②金丝：一种黄色的鸟。
③太白梦：相传一天深夜，李白来到海上仙山，不禁被眼前的美丽陶醉。他不忍离去，便登上一座山峰，忽然，一支巨大的毛笔耸出云海，像一根玉柱一样。他仿佛听见一阵悠扬悦耳的仙乐，并有五彩光芒从笔端射出，接着在笔尖绽放出朵朵鲜艳的红花。

壶口瀑布

新韵　韵用《中华新韵（十四韵）》八寒

巨龙远望藉天间，壮阔舒心越百川。
收括夹山拢壶口，腾翻骇浪卷云烟。
沉雷震彻九霄外，飞剑劈开千载岩。
壕堑蜿蜒通大海，兼程日夜永安澜。

2009年11月

红石峡（二首）

其一

韵用《平水韵》下平声六麻

借问南川和北峪，何如朱染石飞霞。
溪清潭碧云街瀑，拱翠三山客叹嘉。

其二

韵用《平水韵》入声一屋。

对峙层岩耸云雾，秋潭玉碧吞银瀑。
游人雅兴正高时，红峡归来谁看谷？

2009年11月4日

鹧鸪天
冰川行①

韵用《词林正韵》第七部平声

瑰丽谁藏稀世观？大西洋岸活冰川。
画船飞吻肌盈玉，银舌轻含气吐禅。

亲极韵，近寒烟。云舒云卷伴霜天。
任他凌厉平浮躁，侠骨豪情好结缘。

2010年

〔注〕①莫雷诺冰川，位于阿根廷南部圣克鲁斯省境内，是地球上冰雪仍在推进的少数活冰川之一。该省东濒大西洋，多冰川湖，其中阿根廷湖和别德马湖为著名的旅游胜地。

油菜花

韵用《平水韵》下平声六麻

秀逸赏心香艳花，
春风起落接天涯。
见多莫怪门第浅，
自古金黄属帝家。

2010年3月

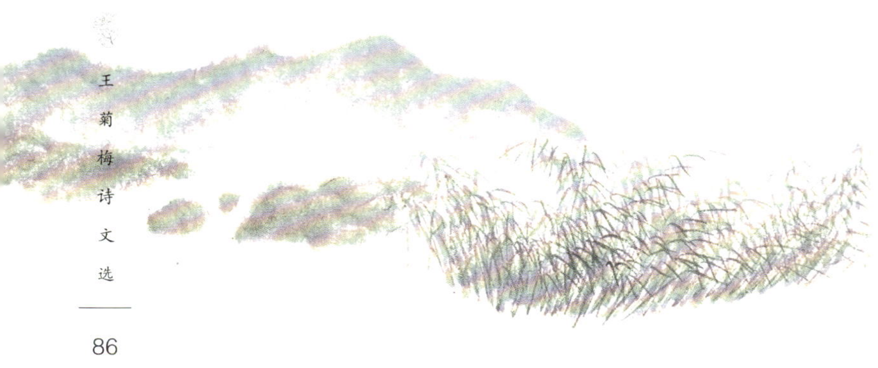

鹧鸪天
逗　鳄

韵用《词林正韵》第二部平声

夜黛清风星煜光，黑河侧畔木苍苍。
小舟开剪层层雪，同伴轻轻指朔方。

汀草动，鳄身藏，渔翁棹骤气飞扬。
纵身潜水忙收手，轻叩嘟嘟唇慢张。

2010 年 4 月

琼　花

韵用《平水韵》下平声一先

花海寻春四月天，
琼枝团簇雪英圆。
丰姿淡雅无同类，
着意清香染杜鹃。

2010 年 4 月

清平乐
水中木屋[1]

韵用《词林正韵》。上阕第十一部仄声，下阕第十一部平声

木房助兴，醉了林中景。
向晚蛙鸣听雨弄，水映群星波动。

百灵唤醒黎明，参天古木盘藤。
正午悠扬琴瑟，韵声情重肴羹。

2010年4月6日于马瑙斯

〔注〕①马瑙斯是巴西亚马孙州府所在地，位于黑河岸边，这里的女人占总人口的70%以上。世界第一大河亚马孙河发源于秘鲁雪山，流域面积大半经巴西。印第安人居住的水上木屋，多建筑在浮于水面的圆木上，随水涨落，主要是为防洪水侵袭。

食人鱼

新韵　韵用《中华新韵（十四韵）》九文

娇柔姿态淡施粉，
浩瀚庭宅举世闻。
莫道高标无可比，
玲珑玉齿竟食人。

2010 年 4 月 6 日于马瑙斯

观　瀑

新韵　韵用《中华新韵（十四韵）》十一庚

舟行十里远，壁挂上千重。
纤似抽丝细，宏如倒海雄。
悬崖生翠绿，飞玉架霓虹。
魔鬼咽喉处，涛声水色惊。

2010 年 4 月 8 日于巴西・伊瓜苏

基多赤道吟

新韵　韵用《中华新韵（十四韵）》十唐

波荡云飞零纬线，薄风初霁感微凉。
赭红方体承宏势，朗润丰仪和妙光。
脚踏北南球两半，心牵桑梓事全彰。
月华常记是清冷，名利无求最艳芳。

2010年4月12日

唐多令
崇　学

韵用《词林正韵》第十二部平声

桥曲曲溪流，绿荫荫小楼。十八年、世事寻求。
想那时文思敏健，笔生锦、运头筹。

依序岁悠悠，又春花发稠。读荧屏、痛痒无休。
彻夜静闻钟摆响，音成诉，案床头。

2010年6月

（庚寅夏，脊椎痛难忍，坚持在党校研学两月偶感）

仰昭君

韵用《平水韵》下平声八庚

陇坡傍墓草萌萌，
幽怨琵琶曼诉声。
晏闭边城亲结是，
金钗赴义自留名。

2010年8月22日

海拉尔雨中游

新韵　韵用《中华新韵（十四韵）》十一庚

风清山峻雨朦胧，不舍登攀纪念峰。
年少鬓苍皆勠力，景幽路远总含情。
低头龙爪千盘劲，放眼霜枝万寿隆。
怒谴弹痕倭寇罪，古城绿色韵长生。

2010年8月23日

呼伦诺尔

新韵　韵用《中华新韵（十四韵）》九文

苍穹碧透片祥云，
茫野敖包点客心。
拂面秋风琴曲曲，
边湖群马静洗尘。

2010年8月24日

韭菜花

新韵　韵用《中华新韵（十四韵）》一麻

动人楚楚花微雨，
好放易生格自佳。
不恋芳原何惧踩，
秋凋春月又新发。

2010年9月

江城子

韵用《词林正韵》第七部平声

山崩地裂冒狼烟，死生间，救谁先？
一语颤回，自抱愧年年。
冷枕寒宵长伴泪，眠斜月，倚柴栏。

世人最是母慈怜，挡风寒，护霜天。
巡守窝棚，月照影孤单。
时又清明新乞火，焚香烛，葬书笺。

2010年9月

（唐山地震中母亲痛心一幕）

中　秋

新韵　韵用《中华新韵（十四韵）》一麻

宝镜香风映绿纱，
推杯交盏话桑麻。
融融姊妹同乡里，
个个轻插满月华。

2010年中秋

思

新韵　韵用《中华新韵（十四韵）》十唐

明月中秋望故乡，
松间玉液拜爹娘。
紫壶纵有千千味，
未见膝前有品尝。

2010 年中秋

裕昌土楼

新韵　韵用《中华新韵（十四韵）》十四姑

玉楼族聚始明初，
南秀北雄当世殊。
屹立东方斜比萨①，
昌隆代衍万家舒。

2010年9月

〔注〕①斜比萨：喻意大利比萨斜塔，建于1350年。

贞节坊

韵用《平水韵》下平声一先

省识牌坊贞妇面，
星空音颤御书宣。
千秋仰望虚名里，
饮血谁知赴九泉。

2011 年于棠樾村

眺艺术中心

新韵　韵用《中华新韵（十四韵）》十一庚

秦风周韵金光暖，
星落横斜翡翠城。
天籁排箫悠宛起，
心随花路入仙宫。

2011 年 2 月

丝　瓜

韵用《平水韵》下平声六麻

罗裙油绿戴黄花，
藤蔓牵丝绕木杉。
洗礼寒霜安宿命，
枯干护子奉新芽。

2011 年 2 月 3 日

鸭绿江断桥愤

新韵　韵用《中华新韵（十四韵）》十唐

烟雨界之江，奔突仇满腔。
豺狼燎战火，血泪染残梁。
正义灭狂暴，英雄奉霁光。
嘶风今日静，稻麦万重香。

2011 年 7 月

遇日喀则筑路人

韵用《中华新韵（十四韵）》八寒

劳作空山里，艰难复苦酸。
冬寒背雪岭，夏暑炙衣衫。
旷野果蔬少，危崖氧气单。
钦崇奠基者，境界海天宽。

2011 年 8 月

贺周俊杰先生七十华诞

韵用《平水韵》下平声四豪

清泉明月尚情操，
翰墨绝清层次高。
景仰仙风鸿鹄志，
三千贺岁奉蟠桃。

2011年8月

无　题

韵用《平水韵》下平声十一尤

潋滟波光月似钩，
遥连山色染枫秋。
异风异域难留驻，
锦字心随驰故州。

2011年9月于西班牙

巴松措

新韵　韵用《中华新韵（十四韵）》十一庚

巴池玉液照波红，
轻袅雪纱神女峰。
绝是珍稀物一处，
穿林风起若读经。

2011 年 9 月于卡定沟

卡定沟天佛瀑

韵用《平水韵》下平声十二侵

古木依峰涧峡深，
瀑飞隐现佛清心。
回崖霄汉银河落，
圣水潭秋龙翠吟。

2011 年 9 月

抵欧洲屋脊

韵用《平水韵》上平声二冬

碧野仙踪倚铁龙①，
比肩恬静女儿峰。
浮云挽雪玉川醉，
一睹冰宫璀璨容。

2011年9月6日

〔注〕①倚铁龙：乘蜿蜒向上的因特拉肯观光车达欧洲之巅。

醉茶乡

新韵　韵用《中华新韵（十四韵）》十一庚

南湾波碧六十峰，绿雾青岚景色浓。
乡曲清甜采茸女，韵格高雅斗茶情。
神农茗鉴毛尖嫩，陆羽魂思信阳红[1]。
良马千匹经不换，申城日晚醉神功。

2012年4月

〔注〕①信阳红：“阳”字出律，因地名，此处不拘平仄。

樱桃沟农家乐

古风　韵用《词林正韵》第一部、第十一部平声

故人三两个，邀我访田农。
一路林木茂，千家樱色红。
篱疏庭院阔，室雅槛窗明。
席上勤换盏，枝梢欢鸣声。
邀尝山里果，淳朴寄轻松。

2012年5月

一剪梅
日月潭

韵用《词林正韵》第七部平声

一棹惊鸿远缀天，日月[1]涵烟，邵岛飘仙。
水波浩渺漫心田，莲叶风摇，细浪琴弹。

玉女红男画舫旋，姿雅情和，舞美翩然。
潭思云想艳阳天，日月清明，南北同欢。

2012 年 5 月

（访台，游日月潭，期两岸统一）

〔注〕①日月：这里指日月潭。

一剪梅
台湾阿里山

韵用《中华新韵（十四韵）》八寒平声

如画如诗惊世颜，神木巍巍，翠鸟关关。
晨昏四季不同天，山下流炎，山顶储寒。

野谷空灵云海观，若起冰峰，若摆银毡。
火车长啸扣心弦，原本一家，何日同牵。

2012年5月

台北故宫

新韵　韵用《中华新韵（十四韵）》十二齐

文苑傍双溪，典藏惊世奇。
画情呼可现，雕叶翠能滴。
岁月沧桑过，乾坤浩荡移。
同根既一脉，何必界藩篱。

2012年5月

游松源湖

新韵　韵用《中华新韵（十四韵）》八寒

青青芦叶逗红莲，
远客兰舟伴雪帆。
常想冬捞鱼嫩美，
夏游暂记漱腴[1]篇。

2012 年 7 月

〔注〕①漱腴：汲取精华。

柏　王

新韵　韵用《中华新韵（十四韵）》八寒

柏王苍翠立高山，统驭众族千万年。
身下游人争摄位，枝头幡圣荡空间。
昂昂不奈炉焦冶，苦苦求生脊骨坚。
莫道西疆疏古木，啭莺林苑可知边。

2012 年 9 月

（赞西域古柏林，责砍伐滥用之风。）

乡　心

新韵　韵用《中华新韵（十四韵）》十一庚

潺潺溪水晚来风，
倚牖听竹两悦情。
好友亲朋迟散去，
金星钩月梦重逢。

2012 年 10 月

登长寿山

新韵　韵用《中华新韵（十四韵）》八寒

重阳玉露洗心闲，杖木携壶步蹬间。
曲径竹深人醉碧，层峦叶茂鸟沉丹。
龟浮绿水期新客，龙跃苍穹带素烟。
老者荷锄孙五世，寿山一梦化成仙。

2012 年 10 月 23 日

鹧鸪天
退　休

新韵　韵用《中华新韵（十四韵）》八寒

政事行来卌五年，初心手捧度炎寒。
胸无潦草福宜至，袖满清风祸不沾。

人渐老，志难全。浓霜镜里浸额边。
文章今日终觉陋，春暖还乡握笔添。

2013年春

凤凰城陈宝箴故居

新韵　韵用《中华新韵（十四韵）》八寒

垂藤拂柳韵飞檐，
无水无山处处函。
四代五杰官府贵，
死生革故历高坛。

2013 年 4 月

桥上红楼

新韵　韵用《中华新韵（十四韵）》八寒

静卧沱江六百年，
中流砥柱挽狂澜。
红楼阅尽湍湍雪，
品味茗矶碧水潭。

2013 年 4 月于湖南凤凰城

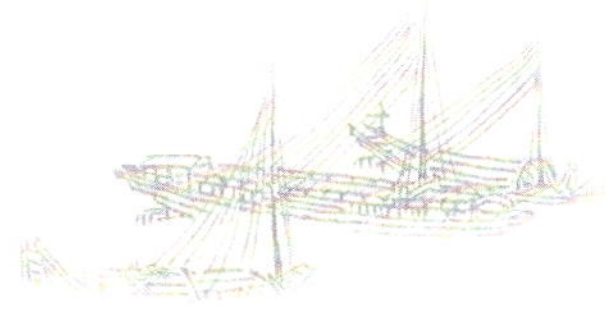

夏日寓栾川

新韵　韵用《中华新韵（十四韵）》十二齐

旱莲初绽深山寓，
松下提灯弄蜕衣。
绿叶轻摇风掠过，
牵丝逗鲤赏清溪。

2013 年 7 月

汤泉沐

韵用《平水韵》上平声七虞

月色照香蒲，波间沸玉珠。
时来临皎镜，神恍变肌肤。
俗谓铅华好，谁知矿醴酥。
怡情何处满，御用[1]古泉殊。

2013年10月

〔注〕①御用：乾隆帝曾于此沐浴。

乡 心

韵用《平水韵》下平声七阳

无边绿叶衬洋房，千古葛天新换装。
燕雀偏知旧巢好，黄花道是昨天香。
诸君若有心肠热，数九哪愁茶水凉。
人老归乡多养性，来时更比去时长。

2013 年 10 月

贺三地女书家作品巡展

新韵　韵用《中华新韵（十四韵）》六豪

罗衣素手曼挥毫，敢御龙蛇舞九霄。
笔法山河宣入韵，书章日月墨生涛。
羡金风也催菊放，惊玉露兮偕桂摇。
莫道巾帼弄脂粉，诗文满腹品尤高。

2013年10月23日

诉衷情
仰环卫工人

韵用《词林正韵》第七部平声

桐晨幕启浸苍寒，霜鬓影灯单。
风旋枯叶翻转，乱絮裹成团。

挥扫帚，舞长锨，荡尘烟。
澈清溪水，护佑蓝天，碌碌心甘。

2013年11月

调水情

新韵　韵用《中华新韵（十四韵）》九文

北调南江四季春，清波万里卷祥云。
长渠阅尽岚烟树，广宇铸成华夏魂。
郁郁邙山疏腹道，汤汤滍水会丹神。
京津润育谁担重？厚土重迁库底村。

2013 年 12 月

贺广东商会成立

新韵　韵用《中华新韵（十四韵）》十一庚

自古粤商多鼐鼎，中原挺进又新声。
金晖朱匾高悬起，紫气青云笑望兴。
立项铺开财富路，守仁铸就道德城。
冰河铁马拓宏业，意挽岭南歌大风。

2013 年 12 月

回　家

韵用《平水韵》下平声六麻

陌上梅枝竞放花，
手携背负走娘家。
当年茅舍不知处，
绿树红楼嬉戏娃。

2014年1月

春　游

新韵　韵用《中华新韵（十四韵）》十一庚

河岸柳绦青，田园四望通。
清风拂秀水，翠鸟鸣芳丛。
总角弄鸢纸，古稀歌野亭。
但约新物候，岁岁好心情。

2014年3月

感“古稀新声”展①

新韵　韵用《中华新韵（十四韵）》六豪

平临云鸟自高标，闪烁星光访似潮。
势峻独尊东岳重，奇绝无比大河遥。
枯藤万岁飞白美，雅韵千回散笔娇。
古朴升新求创意，融通四体乃书豪。

2014 年 5 月 10 日

〔注〕①张海同志书法展，人如潮，摄如星海，令人振奋。

宁夏行（二首）

月亮湖

新韵　韵用《中华新韵（十四韵）》八寒

月湖凝碧苇含烟，异鸟翩翩影照娴。
结友原为西夏客，风光大漠幻成仙。

沙　竹

韵用《平水韵》下平声一先

漠漠寒秋一枝绿，仰天孤奋立沙巅。
篷车冲浪惊声破，何比身边竹自然。

2014年6月

舅父与外孙一家坝上漂流

韵用《平水韵》下平声十二侵

鸣鸥伴趣绿槎深，
漱玉清流醉客心。
世事常牵人各处，
栾河共奏一家音。

2014年7月

游白洋淀

韵用《平水韵》下平声一先

犁君耕笔芦花荡，
我慕英才不朽篇。
卷雪白波天际外，
云低苇壮碧环[①]鲜。

2014年7月

〔注〕①碧环：荷之别称。

龙峪湾

新韵　韵用《中华新韵（十四韵）》九文

龙沐千秋峪景深，三伏天象若初春。
苍松鹜干叶铺毯，红桦抒情客醉心。
飘散白云时在履，涌流溪涧常鸣琴。
灼灼山外正烧火，此处氧吧偏可人。

2014 年 7 月

护萱石

韵用《平水韵》上平声十一真

高台观瀑抖龙鳞，
苍石护亲天地人①。
光武萱堂今若在，
可安祥瑞世清新。

2014 年 7 月

〔注〕①苍石句：此指护萱石，在洛阳市栾川县庙子镇。传说西汉末年外戚王莽篡位，追杀刘秀于此，刘秀母亲见情势危急，让刘秀先走，自己留下，欲用刘、王两家外戚之情规劝王莽，不料规劝无果，自己也被气死，遂葬于此。后迁葬孟津，留下衣冠冢，用天地三巨石护萱。

茶　兴

新韵　韵用《中华新韵（十四韵）》八寒

柴门藤翠故人闲，漫语今昔煮响泉。
玉蕊轻翻松带雨，紫壶微泡水含烟。
一瓯凉意通肌腑，半盏芳香染袖衫。
不解尘俗茶助爽，中天移月不思眠。

2014年9月

钓

韵用《平水韵》上平声十一真

咯咯阿姑笑出门，
身轻盛世又新春。
柔风借取天光好，
柳岸垂纶非应人。

2015 年 4 月

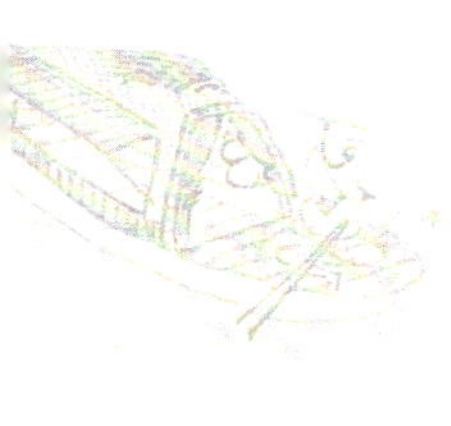

杏林归

新韵　韵用《中华新韵（十四韵）》十二齐

清风晖照夕，挂印任良医。
穷典研灵药，祛疴探妙机。
轩堂贫富友，田野李桃蹊。
喜看桑榆鸟，轻飞远且奇。

2015年4月7日

（卫生厅长卸任后重新坐诊感怀）

母亲忌日祭

韵用《平水韵》下平声七阳

草蹊涅水曲幽长，
七秩游身跪拜娘。
秋雨潇潇和泪下，
坟前幻影母犹忙。

2015 年 8 月 17 日

外孙女见父调奶

新韵　韵用《中华新韵（十四韵）》十一庚

夜取琼汁慢抖瓶，
扒肩静视嘴巴空。
咂得两口回眸笑，
陋室盈盈父女情。

2015年12月15日

九曲泛舟

韵用《平水韵》下平声十一尤

武夷仲夏画屏秀，飒飒清风一拢收。
九曲含烟山宛转，层崖藏景水环流。
仰空尽望参天动，触水轻漂寸鲫游。
筏子穿波舵公唱，篙痕褐石叙春秋。

2016 年 6 月

大红袍

韵用《平水韵》下平声九青

涧溪鸣凤九龙亭，
峭壁丹崖古槚青。
济世盈香声誉国，
红袍御赐武夷星。

2016年6月

趣

新韵　韵用《中华新韵（十四韵）》十二齐

旱莲初绽深山住，
松下提灯蝉弄衣。
绿叶轻摇风路过，
牵丝鱼逗赏清溪。

2016 夏于龙峪湾

除　夕

韵用《平水韵》上平声十一真

天地长新人渐老，
沧桑满面鬓生银。
盘胸往事百回合，
除去新痕并旧尘。

2017年1月27日

赏樱花

新韵　韵用《中华新韵（十四韵）》十一庚

光风清湛野云轻，
长社[①]深红映浅红。
似海樱花波泛远，
嫦娥羡慕下琼宫。

2017 年 4 月

〔注〕①长社：今长葛市。天地三巨石护萱。

浣溪沙
回　家

韵用《平水韵》下平声十一尤

乡路徐行画映眸，井台青杏满枝头。
依稀又近麦黄收。

禾下儿时多少乐，眉峰暮岁几重愁。
艳阳一缕寸心留。

2017年5月15日

穿堂闻香

新韵　韵用《中华新韵（十四韵）》八寒

琴堂赋闲客，倚子醉奇楠[1]。
碾沫金槽翠，涵烟玉碗丹。
轻轻眉染黛，袅袅气流连。
造化钟灵物，枝枝应万钱？

2017年9月

〔注〕①奇楠：珍稀沉香。

香　思

新韵　韵用《中华新韵（十四韵）》十四姑

长蝉荷叶锓香炉，红土[1]飘香韵秀竹。
引火娇娘弄兰指，含羞浅色照华屋。
轻轻薄翼凌空绕，冉冉柔丝冠顶舒。
农舍千间不得换，商家不吝重金沽。

2017年9月

〔注〕①红土：沉香的一种。

雪

度词　韵用《词林正韵》第二部平声

百日梨花锁，推轩扑面芳。
远山平野银装着，冷艳点酥娘。

少小痴飞雪，皓首喜田墒。
造化护苗偏有意，又积万吨粮。

2018 年

行香子
病　中

韵用《词林正韵》第二部平声

碎雪敲窗，虚汗沾裳。
久依榻，心尚飞扬。
半生为业，笑对劳伤。
叹老年安，中年碌，少年狂。

景明世界，国有贤当。
淡名利，胸度泱泱。
待时游远，漫历山江。
对一奇崖，一溪水，万重光。

2018年1月

友 情

新韵　韵用《中华新韵（十四韵）》十一庚

暗香疏影月光清，故友相逢饮几盅。
绿蚁粗陶随客意，轻歌曼语笑东风。
沧桑世上初心在，海岳胸中豪气生。
归辇惜别灯照里，依栏远望耀明星。

2018年2月

鹧鸪天
悬崖村变迁

韵用《词林正韵》第十一部平声

壁立千寻窗在峰，天梯悬直一何惊！
遥遥取水攀云路，百载开蒙荡树藤。

兴学校，建基屏，钢梯筑就水澄清。
游人探访农家乐，春到崖村猎猎旌。

2018年4月

垂　纶

韵用《平水韵》上平声十四寒

垂钓坐苔磐，心君海样宽。
鱼游池底树，鸟舞水边滩。
但守信符事，不思银艾官。
斜晖笑归去，收获满盆欢。

2018年6月

端　午

新韵　韵用《中华新韵（十四韵）》八寒

开轩榴锦醉，粽艾溢香餐。
浅唱离骚句，深悲屈子冤。
痴追华夏梦，高颂大国安。
明主才人荟，江山永固然。

2018年6月16日

过东风渠

韵用《平水韵》下平声七阳

翠柳阴浓夏日长，
红楼倒影入清塘。
芙蓉舞动微风起，
两岸花开一路香。

2018 年 7 月 1 日

睹物思人

韵用《中华新韵（十四韵）》十一庚

前春植下葡萄蔓，
枝漫今秋叶盖笼。
色紫果丰皆俯首，
一阳[①]可解物含情。

2018年8月28日

〔注〕①一阳：人名，2015年植葡萄几株，2017年病逝在办公室，立二等功。

中秋望月

新韵　韵用《中华新韵（十四韵）》十一庚

桂香遍洒宇清澄，
望月凭栏品此情。
冷寂嫦娥应叹羡，
人间美境胜天宫。

2018年9月24日夜

改革开放四十年颂

新韵　韵用《中华新韵（十四韵）》八寒

砥砺前行过卌年，复兴鸿业谱新篇。
蛟龙潜海开辽域，探月神舟震玉寰。[①]
门畅万国宾竞贺，路通一带果垂繁。
船坚舵稳东风好，亿众豪歌唱大千。

2018年12月18日

〔注〕①颔联为错综对，也叫磋对，对仗的一种手法。

梦

新韵　韵用《中华新韵（十四韵）》十一庚

故乡长社躬秦岭，
白水牵心月照容。
秋暮霜丝疾伴老，
魂飞纾困野村行。

2019年

春　晓

韵用《平水韵》下平声一先。首句寒为邻韵

草萌黄浅接轻寒，
悦耳声声帚作弦。
残月莹光环卫绿，
扫清污浊护蓝天。

2019年3月2日

卜算子
春　夜

韵用《词林正韵》第八部仄声

飞鸟渐无声，月照庐前杪。
村野留童抱被眠，梦笑慈怀抱。

父母在何方？劳务云行峭。
良策春来好解题，喜看花枝俏。

2019年3月12日

（词作适逢“两会”召开）

陉山览胜

韵用《平水韵》上平声一东

初霁澄和绿润风，登山览胜与亲同。
魏师败楚挥戈地[①]，骏掌留痕跑马嵩[②]。
顶石仙人天帝使，映霞侨墓[③]众生崇。
归途不舍再回望，千尺红崖鬼斧工。

2019 年 4 月

〔注〕①魏师句：《史记》载，魏襄王六年（前 313），败楚师于陉山。
②跑马嵩：属伏牛山系嵩山余脉，俗称跑马岭。
③侨墓：子产，姬姓，名侨，字子产。葬于山顶的廉相子产墓。

拜　师

韵用《平水韵》下平声部一先

赤子诚传格律篇，
诗敲古圣又今贤。
无言桃李英才聚，
拜学辞林忘大年。

2019年4月3日

朝中措
怀瑞云

新韵　韵用《词林正韵》第七部平声

梦中纤指古琴弦，听罢泪潸然。
曾记烛光妙笔，矿山棘路相捐。

功勤妇幼，寒冬炎夏，项背弯弯。
今愿长亭歇脚，风竹月影窗前。

2019年4月5日清明

暮　春

韵用《平水韵》下平声八庚

闲步趁天晴，青蹊满落英。
蝶交花片舞，莺绕柳绵鸣。
如海田苗茂，若云羊崽声。
细思生物理，春暮梦犹成？

2019年5月4日

木　莲

韵用《平水韵》上平声十一真

乡邻贻我树中珍，
兴植庭前鸟顾频。
洇水施肥三改火①，
瑶芳今始更迷人。

2019年6月

〔注〕①三改火：此指三年。古时钻木取火，因四季不同而改用不同的木材，称为“改火”，指一年。三改火，即过了三年。

收麦见闻

韵用《平水韵》下平声七阳

平畴千顷穗儿黄，
吐雾吞金机作忙。
人不挥镰牛养性，
商家麦垄喜收粮。

2019年6月3日

坝上思

新韵　韵用《中华新韵（十四韵）》八寒

草树烟霞诉秋弥，
行围御道绕千山。
习劳绥远图宏业，
戍鼓音绝现大观。

2019年7月

水调歌头
调水调沙

新韵　韵用《中华新韵（十四韵）》十二齐

浪底一何碧，高坝卧波奇。
飞龙出世腾跃，鳞卷浪翻泥。
不惹逍遥岸柳，任尔长舒见证，浩气化虹霓。
昔日脱缰马，今日瑞祥麒。

控流量，调缓急，减沙淤。
舞龙华夏，帷幄筹运可山移。
万顷平湖神助，赤县腾飞魂系，壮志与天齐。
云塔遥相望，崛起正当期。

2019 年 7 月

赠孙儿求学

韵用《平水韵》下平声十一尤

牵手孙儿何所求，欣怡长大品行优。
寒窗雪打苦中乐，长卷心研语里柔。
树大定能参碧宇，事微勿忘取前筹。
常怀家国亲情在，得空传书适意稠。

2019年8月

相逢

新韵　韵用《中华新韵（十四韵）》八寒

位尊不舍故人缘，
笑意深深自大涵。
不染官俗清气正，
春风兰雅总宜然。

2019年9月9日

迎国庆馨悦苑书画摄影展有感

韵用《平水韵》上平声一东

清秋小苑意融融，联袂群贤翰墨雄。
画赏千张观盛世，诗吟一阕感丰功。
摄图成典寄山水，握管挥云舞鹤龙。
谨守初心细裁剪，唯期华夏万年红。

2019年9月23日

共和国授勋仪式感怀

新韵　韵用《中华新韵（十四韵）》九文

至高盛典授功勋，海北天南颂好音。
泰斗无声擎大厦，英豪有志守初心。
人民领袖传情暖，华夏标兵鞠影深。
耀眼徽章照青史，神州愿景励来人。

2019年9月30日

水调歌头
咏新中国成立七十周年

韵用《词林正韵》第二部平声

历尽沧桑岁，驱斩恶豺狼。
巨龙振啸腾起，屹立世东方。
山水从来呈碧，稻麦果蔬足享，美艳老村庄。
乐业青春好，养老有扶襄。

海翔燕[1]，天慧眼，月探忙。
神州通畅，“一带一路”放华光。
港澳回归顺意，最喜化优兵种，谁敢犯边疆。
猎猎红旗展，祖国万春昌。

2019年10月1日

〔注〕①海翔燕：万米级水下滑翔潜海。

漫步熊耳河畔

韵用《平水韵》下平声七阳

柳绦芳草沐秋阳，
碧水鱼闲白鹭翔。
童子乘肩亲笑乐，
捧书老者醉诗行。

2019年10月

鹧鸪天
三亚游

韵用《词林正韵》第八部平声

暮影桑榆念挚交，椰乡巧遇乐逍遥。
青霄膜拜南山月，白昼徜徉陵水桥。

观大海，赏芭蕉。画屏天畔竞妖娆。
经风过雨谁曾记？醉了渔歌兴未消。

2019年11月13日

冬赴三亚途赏贺春红

韵用《平水韵》下平声七阳

蕊含三叶一湾芳，
炽火团团笑暖阳。
北域冰天南国锦，
琼崖花放映兰堂。

2019年11月15日

长　滩

韵用《平水韵》下平声八庚

观海长滩自心远，
琼州峰翠顿眸明。
从来世事三分解，
今始幡然悟所生。

2019 年 12 月

渔家傲
看望老姐

韵用《词林正韵》第八部仄声

庐简榴芳闻鸟叫，八旬未肯输年少。
蔬果短畦蜂蝶闹。
呵护好，吐丝展叶枝繁茂。

争羡长椒红玛瑙，黄瓜滴翠藤轻绕。
暑日风翻银发翘，
相挽笑，万千滋味盈怀抱。

2020年

（老姐独自安守乡下老屋，儿女孝顺，多次接她进城同住，均被婉拒。今去探望，触景生情而记之）

迎春雪

韵用《平水韵》上平声十一真

痴情元日世风新，
青女①殷勤夜遍巡。
晨起皑皑盈尺厚，
飞花六出②报芳春。

2020年1月

〔注〕①青女：中国古代神话传说中的霜雪之神。
②六出：雪花。雪花为六角形片状冰晶。

拜新春

新韵　韵用《中华新韵（十四韵）》八寒

守岁怀恩竞废眠，
通家知友共狂欢。
扬鞭笛奏添新曲，
逗笑晨光云拜年。

2020 年 1 月 25 日

见产假医生请赴疫区报道即吟

韵用《平水韵》下平声七阳

吻深襁褓向荆襄，
一袭征衣映霁光。
风雨晨昏人悴瘦，
情浓济拯爱无疆。

2020年2月10日

卜算子
抗疫身影

韵用《词林正韵》第十一部

向晓立屏前，眸送蹒跚影。
直是仁医昼夜忙，和泪相申敬。

敬秉蜡梅魂，香暗江城醒。
遥借东风慰战神，心酒高高捧。

2020年2月17日

西江月
抗　疫

韵用《词林正韵》第七部

病毒春来犯鄂，通衢连日凝寒。
鹤楼漠漠断人烟，啼鸟心伤江畔。

弹奏轩辕剑曲，开张龙马天边。
白衣浴血破楼兰，青史功标长卷。

2020年2月28日

窗外梅谢

韵用《平水韵》下平声一先

风斜雨密树涵烟，
无奈梅花抱地眠。
粉瓣舒开如织锦，
惹人相惜复生虔。

2020 年 3 月 12 日

清明祭英烈

韵用《平水韵》上平声一东

烟雨霏霏草暗葱，
山垂水咽祭英雄。
殊勋茂绩今何处？
无际生涯树树红。

2020 年 4 月

沁园春
花园口黄河大桥吟

韵用《词林正韵》第七部平声

飞架金桥，气势恢宏，两岸绿繁。
望邙山西矗，仙游景胜；大河东去，雷滚波喧。
苗麦无垠，重楼耸峙，潇洒车龙舞北南。
花园美，唤八方来客，歌曼沙滩。

汛防垒垒绵绵，远影绰舒齐安若磐。
恨东瀛犯我，蹄远国土；蒋魁决口，洪噬家园。
往事钦钦，人间换了，舵稳帆张驭涌澜。
轩辕帝，鉴升平气象，灿耀河山。

2020 年 4 月

清明悼仁医李文亮

新韵　韵用《中华新韵（十四韵）》十一庚

千家火冷柳烟轻，
常记雨来吹哨声。
丘矮缘何妒一峻？
魂忠天道世哀鸣。

2020年4月2日

护士节吟

韵用《平水韵》下平声十二侵

人间百疾孰无侵，
天使提灯①总降临。
洁羽穿梭长播②爱，
仁心暖意绽芳林③。

2020年5月

〔注〕①提灯：南丁格尔在黑暗的深夜，手持油灯巡视病房，伤员们亲切地称她“提灯女士”。这里为喻指。

②播：《平水韵》旧读去声。

③林：杏林，为医学界的代称。

习入声字

韵用《平水韵》上平声一东

炎炎夏日晚来风，
玉立清荷月色融。
亭下轻吟入声字，
逸神抬望七星逢。

2020 年 7 月

卜算子
夏　夜

韵用《词林正韵》第一部仄声

正午热炉烘，向晚犹封笼。
曲径追凉到苑塘，草木华灯蓊。

荷笑月朦胧，田叶含风动。
水际亭中细品茶，自适新凉拥[①]。

2020 年 7 月

〔注〕①拥：旧读上声。

水调歌头
七十万官兵抗洪

韵用《词林正韵》第一部平声

虎士本威武，走马为谁雄？
江淮洪涝无忌，坊舍万间倾，七月媪翁婴幼，
直困汪洋深处，望眼泪深凝。
忽有扁舟到，浪里抱惊童。

扛沙袋，堵管涌，码石笼。
涛头击岸，躯体血肉筑长城，烈日炎炎炙烤，
浊汗洪流撕咬，形表嵌波中。
最爱兵兄弟，永保庶安宁。

2020年8月5日

静享北龙湖

韵用《平水韵》下平声十二侵

千重柳瀑泻湖深，
碧水微波玉锦[1]临。
并翅天鹅双引项，
朗光诗韵客清心。

2020 年 10 月

〔注〕①玉锦：这里指湖里的多彩鱼。

观竹省人

新韵　韵用《中华新韵（十四韵）》六豪

坐赏贞姿几丈高，
何听南北木萧萧。
精耕细养寸方地，
深浅担当问尔曹。

2020年11月1日

南歌子
观云客机上

韵用《词林正韵》第十二部平声

云上临窗眺，和光照眼柔。
云舒云卷幻春秋，团絮薄绢入格竞风流。

拔俗含冰韵，绵延秀雪丘。
风涛万里赛飞舟，此境昔人有梦憾无由。

2020年11月

椰田古寨

韵用《平水韵》下平声七阳

椰村照日满金光，陵水黎家织锦忙。
萧竹音清濯幽耳，曲溪波湛映华芳。
道婆[1]崖被腾名久，银饰佩环丰韵长。
草顶船房多古朴，青山人贵[2]定恒昌。

2020年12月

〔注〕①道婆：黄道婆（1245—1330），松江府乌泥泾镇人（今上海市徐汇区华泾镇人），出身贫苦，少年流落到崖州，师从黎族，运用并创新制棉工具和织锦的方法，进而推广传授先进技艺，深受百姓敬仰。于清被尊为布业始祖。

②青山人贵：系黎家祖训。

山茶花

新韵　韵用《中华新韵（十四韵）》十一庚

深桃粉酒红，
沟壑涧峡生。
花放倾洲海，
冬寒迎友朋。

2020 年 12 月

椰树礼赞

韵用《平水韵》下平声七阳

绿羽风梳逸韵长，
摄魂伟岸沐骄阳。
盈盈青果呈甘液，
根植沙滩不择荒。

2020 年 12 月

拜　年

新韵　韵用《中华新韵（十四韵）》十一庚

寒随鼠驻踪，
春逐劲牛行。
唯愿占风候，
吉祥造物丰。

2021年2月

贺三八

韵用《平水韵》下平声六麻

春红三八艳千家，巾帼英才颂海涯。
上古神娲补天彩，今朝罗袖探星霞。
挥锄种就功勋誉，燃荻[1]催开卉炜花。
爱国承家音秩秩，须眉不让自清嘉。

2021年3月

〔注〕①燃荻：燃荻为灯，喻刻苦钻研。出自北齐颜之推《颜氏家训·勉学》。

观　感

新韵　韵用《中华新韵（十四韵）》十二齐

切割墨宝复原奇，
骄燕穿梭杨柳依。
流水行云分聚妙，
创新守正起虹霓。

2021 年 3 月 26 日晚

（辛丑年二月十四夜，余端坐厅中，赏《最强大脑》张海主席破锋行草书法 150 幅切割旋转复原赛，见参赛者疾飞选项，心随影动。叹服主席书法在书界和社会上的影响力，即吟）

郁金香

韵用《平水韵》上平声一东

郁香谁引嫁东风，
娇翠婷婷鸟语红[1]。
桃李含羞悄站远，
万千客涌摄图同。

2021年4月

〔注〕①鸟语红：通感表现于手法。

望海潮
郑　州

韵用《词林正韵》第一部平声

傍衢花闹，湖光潋滟，高楼栉比排空。
飞架大桥，盘龙雄居，蜿蜒直上苍穹。
星落夜飞虹。赞绿龙宫驿[①]，南北西东。
枢纽峨冠，八方驰骋梦追踪。

长河浩浩无穷。悦青葱湿地，苇荡渔翁。
千古唱讴，中华始祖，游人膜拜君封。
更羡少林功。仰图腾双塔，钟奏歌红，
二七旗开，征程万里驾春风。

2021 年 4 月

〔注〕①绿龙宫驿：喻指高铁站。

念奴娇
追思杂交水稻之父

韵用《词林正韵》第十一部平声

谷黄时节，笑微乘鸾去，闪耀辰星①。
滔泪长街谁舍送？花海无尽呼声。
“走好爷爷”，“爷爷走好”！仁赐万家丰。
一胚济世，三餐当念恩翁。

万代禾下乘凉，邦宁仓廪满，圆梦倾情。
细雨泥田灯挑夜，衰体独俯苗青。
纂暑耕寒，影留宇宙，热血化东风。
伟哉农圣，永活百姓心中。

2021 年 5 月 23 日

〔注〕①辰星：这里指“袁隆平星”。为表达对杂交水稻之父的敬意，1999 年 10 月经国际小天体命名委员会批准，将中国科学院国家天文台发现的一颗主带小行星命名为“袁隆平星”。

兄妹情

韵用《平水韵》下平声七阳

风思雨想路犹长，
八秩尊兄湿透裳。
未试清茶堆笑意，
轻声问我可安祥。

2021年7月

暴雨愁

韵用《平水韵》上平声十灰

暮色窗临独自哀，
树摇路涌动天来。
凄凄禾稼泡于水，
云锁晴光何日开。

2021 年 7 月

八声甘州
情浓凡人

韵用《词林正韵》第十二部平声

望浪花暴袭古商都，滔天水横流。
见车晕乱向，浮翻人远，陌路罗搜。
长隧谁为呼号？童子浪中筹。
忽现涡身处，飞扑前搂。

地铁厢封疏散，赞手松情侣，男士甘留。
更白衣昏醒，施救不曾休。
水吞胸、可怜乳稚，母托擎、力尽臂难收。
香心漫，仁风黎庶，华夏千秋。

2021 年 7 月 24 日

南乡子
阳台远眺

韵用《词林正韵》第五部平声

明净小阳台，晓望骎骎日上槐。
向晚山沉霞远照，开怀。
最是花时香满腮。

玉穗[1]拨云开，熊耳[2]涟漪鹭去来。
烟络浮林车水动，欢咍。
赏景凭栏不用猜。

2021年9月

〔注〕①玉穗：郑州市东区标志性建筑。
②熊耳：这里指熊耳河。

水调歌头
赞南航空姐

韵用《词林正韵》第十部平声

今作南山客，翔风暖如家。
室清气爽春早，灼灼绽桃花。
彩瑞祥云仙袂，细语柔言心醉，仪态韵风佳。
情动又何处，曼妙去来霞。

挽老者，助残疾，护小丫。
丰餐鲜果，恭送轻煮淡浓茶。
时遇风嬉摇荡，向慰翩然神静，倩影透窗纱。
挥别不曾舍，直赋月儿斜。

2021 年 11 月 14 日

闲

韵用《平水韵》下平声一先

七秩岁华年复年，
今冬怯冷饮琼泉。
椰风不识频相问，
帘外谁弹醉客弦。

2021 年冬

分界洲岛[1]

韵用《平水韵》上平声十二文

亭台隐翠林，
天教界洲分。
仙结蓬莱友，
凌虚境可人。

2021 年 12 月

〔注〕①分界洲岛所处地理位置特殊，是热带和亚热带气候的分界线，是海南黎族、苗族、回族等少数民族地区与汉族区域重要的人文分界线，也是地方行政管辖区的分界线，可谓碧海云天的灵毓圣岛。

巫山一段云
雪

韵用《词林正韵》第二部平声

百日梨花锁，推轩扑面芳。
远山平野换银妆，冷艳点酥娘。

少小痴飞雪，期颐吻垄墒。
欣逢造化护田秧，竹囤满黄粮。

2021年12月

孙儿求学

韵用《平水韵》上平声十四寒，首句韵脚为邻韵上平声十五删

孜孜向学越千山，斗室寒窗弄键盘。
迎战瘟神刀出鞘，启程新境马加鞍。
主攻学业粗衣食，不忘初心明胆肝。
梦里孙儿几微笑，倚门遥问夜将阑。

2021 年 12 月

环岛游

韵用《平水韵》下平声十一尤

披波枕浪岛清悠，
怪石嶙峋白若[①]头。
华盖[②]冬阳谈兴盛，
万千景象一望收。

2021年12月

〔注〕①白若：龟的别名。
②华盖：这里指游览车的华篷。

清水湾眺海

韵用《平水韵》下平声八庚

日暖沙熏远镜明，轻柔浅浪嬉游生。
萦空云燕神姿美，犁雪客船帆影清。
蓝淀芳湾海天韵，雄涵鸣水古今情。
世人胸阔琼瀛比，万险千难一解成。

2021年12月

三亚游

韵用《平水韵》下平声八庚

丽日静空南海情，
轻风快艇伴游程。
未登翠岛直冲浪，
身后千堆雪照明。

2021 年 12 月

陵水新村渔港

新韵　韵用《中华新韵（十四韵）》八寒

如眉细月挂椰湾，
栉比钓舟初落帆。
丰获和着冰碎①舞，
泊屋深处曲笛闲。

2021年12月4日

〔注〕①冰碎：船上用于降温的小冰块。

帆板表演吟

韵用《平水韵》上平声十五删

风饱锦帆弯，
击涛苍海间。
若非千里志，
何踩浪头姗。

2021年12月5日

鹧鸪天
北京冬奥会开幕式

韵用《词林正韵》第七部平声

绿色壬寅中国年，破冰剔透玉连环。
鸟巢烟秀初春节[1]，冰雪台惊绮梦圆。

神火点，赤旗传。格言美丽践今天。
花思绽放星思璨，曼妙银山鹤影旋。

2022年2月2日

〔注〕①初春节：这里指二十四节气的立春。

新　春

韵用《平水韵》上平声四支

云愁雨晦昨宵辞，
元日曈曈百事祺。
但愿沙丘今过绿，
寸心花放艳千枝。

2022 年 2 月 10 日

蝶恋花
元宵节观北京冬奥会

韵用《词林正韵》第一部仄声

元夕五环相紧拥。
尽日云搜[1]，钟摆催圆梦。
自古冰嬉何处勇，而今最是心旌动。

流水行云飞彩凤。
响箭离弦，滑速雄鹰纵。
唤起山河情与共，健儿万国和平颂。

2022 年 2 月 15 日晚

〔注〕①云搜：收看关于奥运的电视报道。

惊蛰日

韵用《平水韵》上平声十一真

韶光今日满乾坤，
两会①春风抚国民。
陌上桃华耕陇亩，
朝阳凤舞走麒麟。

2022年3月5日

〔注〕①两会：两会是指自1959年以来历年召开的中华人民共和国全国人民代表大会和中国人民政治协商会议，简称“两会”。

香港回归祖国25年

韵用《平水韵》上平声一东

纪元新辟世人惊，百舸香江旗更红。
窗口桥梁接环宇，泉[①]流科苑驭雄风。
爱华治港民心顺，擢秀含英国运通。
唯信岭南黄鹤起，疾飞响哨傲长空。

2022年5月

〔注〕①泉：钱币的古称，此代指金融，泉流指资金流。

孝女曹娥端午祭

韵用《平水韵》下平声七阳

沉流冷月恸寻殇，
潮愧山垂叶骤霜。
尽孝理应巾帼志，
娉婷傲世父安详。

2022 年 6 月 3 日

鹧鸪天
观神州十四发射成功吟

韵用《词林正韵》第六部平声

威武飞龙征色新，千年天问振同频。
胸前赤帜初心在，冠顶银光玉阙陈。

巡瀚海，阅危辰，巧舒广袖舞舟神。
好音弹奏空间站，亿万欢声耸入云。

2022年6月5日

长相思
荷塘雨霁

韵用《词林正韵》第十一部平声

绿一层，粉一层，碧叶流珠光照滢。
纤尘不染容。

竹叶青，柳叶青，曲岸风枝弦色明，
怡然心底声。

2022 年 7 月 14 日

西江月
游五云山农艺苑

韵用《词林正韵》第十一部

高树云中烟绿，浅丘垄上莹青。
葡萄串串似冰晶，玉米簪缨娴静。

少有偕朋山野，欣逢歌唱园丁。
醉心天赐水澄明，一幅风描画映。

2022 年 7 月 28 日

菊　花

韵用《平水韵》下平声七阳

晓月如眉半袖凉，
残荷无奈败清塘。
一花独放惊娇艳，
香冷蕊寒凌酷霜。

2022 年 8 月 1 日

忆秦娥
山村古今

韵用《词林正韵》第十八部入声

畴昔月，孤村老树凄声咽，凄声咽，
豺狂家敝，疾沉粮竭。

东风着意千山悦，而今丰裕天天节。
天天节，户联云网，乐章清绝。

2022年8月

清平乐
山村游

韵用《词林正韵》第八部仄声（上片）、第十部平声（下片）

山村拂晓，凉意清风好。
梨嫩桃鲜争口妙，恰恰时禽色俏。

通幽翠竹人家，客来青涧香茶。
回叙情怀深处，西窗一抹红霞。

2022年8月

立秋日高温

新韵　韵用《中华新韵（十四韵）》九文

一叶报秋音，
新节[①]暑气熏。
适温菽粟饱，
遂感爽身心。

2022年8月7日

〔注〕①新节：立秋。

干枝梅

新韵　韵用《中华新韵（十四韵）》十一庚

裁冰剪雪笑迎风，
玉透凝脂瓣蕊明。
莫憾绿云时未见，
报春香暗世情钟。

2022 年 8 月 10 日

紫　薇

新韵　韵用《中华新韵（十四韵）》第十一庚

枝俏苍穹叶色莹，
紫英全蕊朵丛丛。
闺阁偶遇愁眉扰，
邀赏风株心扶平。

2022年8月10日

鹧鸪天
秋　思

韵用《词林正韵》第二部平声

暑退清风玉簟凉，难眠永夜绪思长。
家门多日曾虚缝，院北何时能闭舱？

星眨眼，露莹光，提壶默默润花芳。
粼粼叶浪牵心涌，但待良医归暖堂。

2022 年 9 月 15 日

（儿媳从医，战新冠一线，愿疫情向好，平安归来）

厢式电梯

韵用《平水韵》下平声七阳

彩厢四合气清凉，
贵贱不分都启航。
饱览春秋默无语，
往来君子念云襄。

2022年9月17日

教师节吟

韵用《平水韵》上平声十灰

遍洒暖阳三尺台，
耕耘寒暑育诗才。
催肥浇水园丁乐，
桃李芬芳处处开。

2022年9月19日

满庭芳
贺党的二十大胜利召开

韵用《词林正韵》第十一部平声

盛会光隆，山鸣谷应，气圆双百[①]强声。
情挥长策，擘画我龙腾。
定鼎安邦富国，惠黎庶，优裕苍生。
惩贪腐，清风浩荡，赤帜照前程。

峥嵘，天可路，神舟探月，北斗高清。
更航母巍峨，洋海排空。
击败犬鹰恶魅，金瓯固，戾气消形。
初心葆，潮头舵稳，晴昊万帆征。

2022年10月16日

〔注〕①双百：两个一百年奋斗目标。

卜算子
抗　疫

韵用《词林正韵》第十一部仄声

疫袭百重愁，挂在斜阳树。
月色情牵不寐人，探讯居家处。

玉女赴方舱，脉脉温情护。
汗滴千千万万行，都汇丹心赋。

2022年11月4日

满庭芳
立　冬

韵用《词林正韵》第二部平声

碧水知冬，残荷冷浸，绿茵无际涂黄。
风林吟舞，叶坠木含霜。
簌簌庭前过雨，枯了菊，萦损柔肠。
深思忖，春秋节序，四季往来长。

推窗，桑柘晚，心无妄念，老也舒张。
赏风雅琴弹，复沓重章。
碎忆尘封趣事，相欢聚，频举清觞。
凭栏眺，灯河浩瀚，鸣凤正翱翔。

2022 年 11 月 9 日

防疫送暖

新韵　韵用《中华新韵（十四韵）》十一庚

几多阴雨复晴明，
晨起帘开暖色声。
昨晚方愁菜蔬少，
苑区派送满篮青。

2022 年 11 月 10 日

醉太平
神舟十五与十四太空会师

韵用《词林正韵》第一部平声

胡杨[1]奋龙，穿飞宇中。
老乡欢聚天宫，梦圆情意融。

汗青框同，卓然俊雄。
翔天再问星空，铸家园昊穹。

2022年11月30日

〔注〕①胡杨：喻指酒泉卫星发射基地。

冬　至

韵用《平水韵》下平声十二侵

寒晓远乡问，
低低切嘱音。
添衣多喝水，
老妹若娘心。

2022 年 12 月

阅防疫十条遐想

韵用《平水韵》下平声八庚

疫魔三载万般疯，良策欣闻叹羡声。
心逐春风知柳态，意随啼鸟识花情。
白衣血汗伴灯诊，士庶晨昏戴月耕。
为问谁家可安处，曙光照耀万千城。

2022 年 12 月

法乾兄吊

新韵　韵用《中华新韵（十四韵）》八寒

驰晓经年载月还，
艺高播远擅华筵。
惊闻瞬逝含悲去，
景晦树垂流水寒。

2023年1月

腊月二十三飘雪

新韵　韵用《中华新韵（十四韵）》九文

嘉瑞晨来景象新，
絮飘红瓦绘龙鳞。
田畴苗麦蒙银被，
着意天公撒碎云。

2023 年 1 月 14 日

除　夕

韵用《平水韵》下平声八庚

烟火成霞万里晴，
春风礼炮百莺鸣。
开心今感梅花蕊，
祥兔新桃笑面迎。

2023 年 1 月 21 日

安　守

新韵　韵用《中华新韵（十四韵）》十一庚

微风惊晓坐，临牖雪澄明。
移步探阶路，隔墙幻友声[①]。
时拂家具亮，精选纸牌清。
恍悟疫情恶，还来守影屏。

2023 年 1 月 30 日

〔注〕①友声句：好友约定每月的一个下午活动。

龙湖游

新韵　韵用《中华新韵（十四韵）》九文

鸟衔丝雨近游人，
山色空蒙嫩草春。
清气三千谁予赐？
涟漪湖漾润诗魂。

2023 年 2 月

行香子
乡村元夕

韵用《词林正韵》第二部平声

烟色波光，狮舞龙翔。倚晴空、雪柳徜徉。
小楼溢彩，街饰新装。
更花灯竞，秧歌袅，谷神襄[①]。

三年抗疫，时日绵长。今燎火[②]、人涌如洋。
春生心上，情暖农庄。
醉舞金蛇[③]，春序曲，凤朝阳。

2023年2月2日

〔注〕①谷神句：人们擎举沉甸甸的谷穗庆丰裕，并祈愿来年五谷丰登。
②燎火：元宵节起源“火把节”，汉民众在乡野持火把驱赶虫兽，以期获得好收成。
③舞金蛇：金蛇狂舞，聂耳改编的一首民族管弦乐曲。元宵节人们持火把驱赶虫兽，以期获得好收成。

偶 发

韵用《平水韵》上平声四支

每托春风送嫩枝，
可心裁剪就新辞。
少时蓴艺天真出，
夕照桑榆韵律痴。

2023 年 2 月 16 日

三月雪

韵用《平水韵》上平声四支

薄暮漫云天色祺，
临窗青竹变琼枝。
桃花三月春光暖，
飞雪映红尤景奇。

2023年3月

自度词
春　分

韵用《词林正韵》第七部

莺恰恰，水潺潺，蝶翩跹。
繁花春半映蓝天。韵陶然。

垄上机翻沃土，田头童弄纸鸢。
勤事东君[①]舒画卷，醉霞烟[②]。

2023年3月21日

〔注〕①东君：传说中的太阳神。
②霞烟：此指山水胜景。

病榻吟（三首）

其一

韵用《平水韵》上平声十灰

浦江名盛久萦怀，沪上每临风驾来。
衣重力微今远望，浪花无语未帆开。

2023年5月16日

其二

韵用《平水韵》下平声一先

穿云钩月落西山，病痛并煎夜不眠。
再世华佗疗痼疾，别坊破晓倚窗前。

2023年5月28日

其三

韵用《平水韵》上平声十五删

蜃楼远眺浅涵烟，俯瞰绿荫江照娴。
羸弱露台多慰藉，阵风约过可舒颜。

2023年5月28日

散文

父亲是银匠

父亲心性纯朴、宽厚，为人随和，无论公事、私事、大事、小事，对老的、少的，我们从未听到过他的抱怨。但1967年的一天，他自言自语地说：“银匠这活儿，丢得可惜。”知父莫若女，时至今日，品味父亲的话，我常常不由自主地流下一抹痛惜的泪。

我家在乡下，祖辈以银工为业，父亲是十里八村小有名望的银匠。

儿时我不懂何为艺术，经常围着父亲看银工。他左手握锤，像画家运笔一样，心手相应，演绎着最美的神话，雕出一组组生动有致的图案。雕刻细微处，尽显匠人的精心和准确。父亲有一颗追求卓越的心，他手下的

“八仙”，着重人物面部和法器细节的处理，铁拐李的葫芦、蓝采和的花篮、何仙姑的莲花、吕洞宾的长剑、曹国舅的笏板，要么简率而瘦劲，要么丰富而腴润，令顾客看得眼直，再三品咂。还有点翠、烧蓝，将釉药末撒在要烧的地方，用长吹管吹火熔化，不留焊珠和釉珠，做得十分均匀漂亮。

父亲娴熟的花丝工艺，远看近看都是活的。他将毛发般的银丝，根据不同纹样，几经盘曲，精心堆叠，制成刻槽，掐成龙凤、翔鸟、梅花等各种纹样，将撮好扎扁的花丝填在设计轮廓内，焊成美人簪。少妇初嫁，一发叠双飞，头插鸳鸯钗，人见人夸好。父亲说：“工必有神，匠人不能光靠模仿，更多的是靠灵性。”他手中那些尖头、圆头、平头、月牙形的錾子和小锤、錾刀简直用神了，将钢錾花纹锤在过火的银条、银板上，錾抢兼施，钻走龙蛇，雕刻图案花纹。花纹有深有浅，十分灵动。福禄寿戒指、手镯，古朴典雅，透着富贵；情人的鸳鸯戏水、百年好合、麒麟送子等信物，见证着幸福甜蜜；儿童的运珠铃铛、长命项圈，玲玲盈耳，寓意美好。老人一双手创造了神奇的吉祥。

父亲把银活儿当成毕生的职业追求，也常常让儿女干些力所能及的事。儿时，我喜欢帮他洗银。银货经反复锤打与烧烤，表面会发黑或沾上杂质，用火将银饰烤热，然后置入酸液，取出放入清水中，用铜刷刷洗，顿时洁白光亮。父亲告诉我："货不欺客，过日子，得把光亮的一面给别人。"他夜偎灯影，晨晓起早，寒暑辛劳。我在父亲忙碌的身影中长大，在仰望中立身明志。三伏天，父亲手拉风箱，把炉火烧得通红，泛着蓝焰，将故银和银块放入坩埚，化成液浆，浇成银锭，并趁热锻打成心中需要的形状，甚至要借焊灯将精美的一片片、一段段图案，焊得天衣无缝，焊成饰件，焊成文化。熔银、焊接的过程，父亲汗水直淌，汗巾拧流。三九天，因工坊狭小，拉丝需要空间，即便雪花漫舞，也要在院子里操作。他和徒弟一起，装好冰冷的拉丝架，一目目迢递作业，将筷头粗的银条拉成细丝。其间，父亲搓手哈气的瞬间在我心中生成一种意义："银丝是父亲心力和毅力的结晶。"还记得一个冬日，天色阴暗，朔风呼啸，二十多里外有个庙会，父亲感冒咳嗽，家人劝他歇市，父亲说："上次应下老太太的簪子和手镯，今天得带到，不然误了人家过年用。"他毅然像往常一样，宽衣长袍，与徒弟荷担而行。出门不久，下起了大雪。傍晚时分，我随母亲在村口候他，师徒三人深一脚浅一脚蹒跚而归，鼻子眉毛都是白的。见了我们，父亲勉强一笑。这一笑，化作我撕心裂肺的呼唤：呼唤寒风你早住，别叫碌人遭风寒。

加工，销售，银工为业；师傅，银匠，温馨的称谓。年复一年，日复一日，平日不起眼的琐屑碎影无形地彰显出银匠本色的魅力，也赢得了尊重。平凡了一辈子的父亲，如蜡炬悠悠地烛照着儿孙成群的家庭，也为周围传递着宜人的色彩。

父亲默默地耕耘着自己的小天地，突然有一天，有人通知家里："银货是'四旧'，必须关张门店作坊。"父亲只好割舍他赖以为生的银匠工具，放弃了他十分钟爱的银匠生涯，当上了普通农民。一年到头，种粮食、种蔬菜，最后把自己种到地里。父亲已经故去20多年，我深深地怀念父亲，也深深眷恋着父亲带走的民间艺术的瑰宝。

致敬母校

母校是温婉的春天，母校是一缕抽绎不断的情思。

闫楼小学是我的母校。它坐落在乡间一处古老的庙宇。不容置疑，是宗教前贤应了百姓的期盼，才有了这个方圆数里有名的知识殿堂。

学校古柏森森，芳草青青。礼堂台基高高，廊道阔阔，屋顶流畅的曲线和飞檐、屋脊栩栩的升龙和神兽都给人以美感。礼堂内雕梁画栋，虽显斑驳，但色彩分明。东山墙上下山虎的壁画矫健勇猛，令人敬畏。

礼堂前方的东西两侧，是排列整齐的教室，青砖灰瓦，简练古朴。石子铺成的大小甬道，通向各个学点。我考究不足，但我确信，这是那个年代当地令人羡慕的一座学校。

1955年，我六岁时入学，一大早穿上洁净衣服，背上书包，跟着父亲进了教室。室内显然没有外观那样气派，只有一个木制的黑板，一张教课桌。学生用的是一块长长的由土坯支起的木板桌面。

因为个子矮，我被安排在一排正中间的位置。上午有两节课，老师致过简短的欢迎词之后，在一片掌声中语文老师开始讲课。这节课教了“上、下、左、右”，数学课教的是从1到10的阿拉伯数字，两节课的内容，在家里跟着哥哥们早就学会了，我几乎没有往心里去，只记得我身后一张张光亮稚气的脸和两位老师低低的声音、缓缓的语调，记得身旁不能容忍的气味。

上午一下课，我就不露声色地搬了自带的凳子回家，不去上学了。

害怕被家人发现，吃罢午饭，我独自匆匆地躲到竹林里去了。下午大约四点钟，正玩得起兴，母亲陪着冯子茂老师找到了我，无论如何我不愿透露罢学的原因。末了，老师重复说着一句话：“今天下午，我找了代课老师，专门来接你的！”“专门接你”这句话质朴、和蔼，让我心里发热。我承认真实的原因是不愿和一位同学为邻。

邻座是位女生，头上长满了疮，一层黑乎乎、油光光的膏药，发出呛嗓的气味。我先是捂住鼻子，后又侧身而坐。这些细节都被班主任老师看在眼里。

第二天，我早早坐在位置上，发现老师带着包扎干净的邻座进了教室。“德不孤，必有邻。”学着老师的样子，后来我还陪邻座一块到离校不远的外祖父的联营诊所换过药，和她主动交好。她也喜欢和我在一起。有一次，她约我到其村北的古塔下捉蛐蛐，直到日落西山，还不知归去，惹得双方家人都来找我们。

学校离我家不足一里，准时到校应该是一件再轻松不过的事了。而正处于不能用逻辑只能靠情感去接受这个世界阶段的我，不知为什么总想第一个到校，第一个打开课本，考试成绩争第一。不管误不误时，一连几天都抱怨做饭迟了，有时还当着祖母的面抹泪。母亲为了不让祖母为难，几乎每天都给我一角钱，让我买早餐。

学校东侧，就是饭铺。三间茅屋，打掉一面山墙，放了条桌、小凳，早上有热腾腾的胡辣汤、油条，还有馒头。店主是同村的二大爷。他谦和、利索，一脸笑容。一角钱能把我打发得很满意。

入学第二年冬天的一个清晨，我在饭铺，刚接到一碗热气腾腾、冒着白烟儿的胡辣汤，转眼看见同班的小万林走在路上。大冷天，他的裤子叉了一道长长的口子，单薄破旧的棉衣，扣子吊着，两襟被风吹得忽闪忽闪，脸被冻得通红泛紫。我急忙叫他吃饭，他结结巴巴，低着头说："书杂费我都交不起，不敢乱花钱。"

万林学习成绩不错，细心的老师也经常在生活上关照他。

那天，这句怯声怯气的话似乎重撞了我的心。当时我父亲加工银饰，生活不算拮据，我很少能够体谅到困难家庭学生的心情。从此，我再没有去饭铺吃过饭，把母亲给的钱都交给当时的班主任王玉英老师作班费支配。王玉英老师，年纪不大，从城里来的，穿着比谁都好看。她那一弯新月似的眼睛，笑起来十分甜美，充满了对我们的爱。

课余时间同学们总喜欢到她屋里去，有说不完的话，问不完的"为什么"。她给我们讲《卖火柴的小姑娘》《钢铁是怎样炼成的》等许多故事，故事中的人物，就像陌生的朋友，深深地吸引着一颗颗幼小的心。星期天，她经常徒步家访，甚至到田间地头，和家长的关系非常密切。

王老师在家访时听说过我的故事，她鼓励和开导我，讲了许多励志节俭、学业有成的道理。学生时期，老师的话，就是圣旨，绝对胜过父母亲的劝导。在将被调回家乡洛阳、对我进行最后一次家访时，她把钱如数还给我母亲，我站在一旁明白老师要离开我们，走向远方时，紧紧地拽住了她的衣襟，眼泪扑簌扑簌地往下落。

母校居中，离各村都不远，十分便于晨练晨读。晨练晨读是作为制度一年四季坚持的，也是乡村一道亮丽的风景线。小学生那整齐的律动、朗朗的读书声，诱得多少乡亲沉醉驻足。

四年级的一天，我鸡鸣起床，摸黑上学。煤油灯下，突然发现自己错穿一双奶奶的尖头油鞋。油鞋是用熬制的桐油漆在鞋底鞋帮上的，虽防水防滑，但我觉得很不得体。

更令我焦躁的是，作为少先大队长，晨练时在全校要执勤喊操。我焦急地向一直陪学生晨练的冯老师求助。他的眼神向下略微扫了一下，然后缓缓地说："别怕，我给你把握时间，替你组织学生，你回家换一换。"既得距离之近，又兼成事心切，十几分钟，我就站在了礼堂的台基上。

那时，无论晨读、自习或是课间活动，老师始终和学生在一起，随时答疑解惑，陪伴学生成长。

大约也在这年，学校组织“我爱祖国”演讲活动。作为演讲者，我是第一个出场，担心后边的学生看不清，老师特意在桌子后面放了一个小板凳。我一脚踩偏，摔了下去，疼得两眼直冒金星，正想退出，他提高嗓音说：“这位同学要坚持演讲，大家鼓掌！”

他呵护和宽慰了一颗稚嫩的心。

我定定神，不亢不卑、富有激情地表达了心声。这次演讲，我还获得了一等奖。

每每忆及老师处理这些意外细节的智慧和爱心，我就充满谢意，胸中仿佛春风拂过一样，安和恬淡，温馨自乐。

母校注重致力营造文明健康、积极向上的人文环境，把爱祖国、爱学习、爱劳动作为主题教育，使学生在实践中加深劳动感情，端正劳动态度，增强劳动知识和技能。

我们五一班的教室里端端正正地贴着一幅苏联教育家乌申斯基的经典名言：“劳动是人类存在的基础和手段，是一个人在体格、智慧和道德上臻于完善的源泉。”

学校总会精心选择适当的劳动项目，让学生参加。

1959年，大搞水利建设，县里组织几个公社的群众开挖幸福湖。不少学生家长都在湖上做工，他们吃住在工地，数月不能回家。

幸福湖距校园有十里，学校就利用星期天组织高年级学生自备干粮支援水库建设，同时看望亲人，融入社会。

工地上，铁锹翻飞，人拉肩扛。一辆辆木制的独轮车上，泥土满装，荆筐高垒，民工们将“车绊”搭在肩上，挂在两车把之间，在崎岖深凹的湖底处，艰难爬坡。虽是隆冬天气，他们却大汗淋漓。工地为学生每人准备了一样工具，有铁锨、铁钎。我用了一条牵绳，把绳子绾在独轮车两辕的顶端，帮助一位50多岁的大爷拉稍。中午吃点干粮，喝点井水。不知拉了多少趟，反正天黑才回家。

那时，农村学校“三夏”放麦假，“三秋”放秋假，我们习惯到田里干活儿，挣得微薄而满足的工分。星期天，我还常常约了同伴割青草，这是儿时最惬意的事。割草时，听听蝈蝈叫，追追蚂蚱飞，释放了儿童的天性。1961年秋天，谢丙申老师给我送长葛一中的入学通知书时，就是在田间找到的我。

这座夜间被煤油灯点亮的母校，给了我太多关于成长的甜蜜和幸福，承载着我永不褪色的少年记忆。

从踏入母校第一天算起，已整整一个甲子。今日回到故乡，我久久地凝望着它，深深地鞠躬致敬。

乡心未泯

小河、古树、竹林，是我心中的图腾，也是装点生我养我的小村的美。离开小村45个春秋，日子越久，越令我刻骨铭心地怀念。

我怀念村北那条清澈的洪河，岸柳青青，斑茅簇簇。河床鹅卵石静铺，河面潋滟激荡，阳光下，波光与卵石共闪。时见野鸭嬉戏，紫燕翻飞，趣味十足。

夏日，妇女们午间林荫下浣衣，晚间三三两两在那满天星斗、伸手可摘的碧空下，在一浪高于一浪的欢笑声中，冲洗纳凉，除尽一天的劳累。这在用辘轳水车汲水的年代，无疑是种享受。一条河，不知给她们平添了多少福气和灵性。

小河是儿童游乐的天堂。捉鱼、摸虾、网蝌蚪、戏青蛙，乐得他们连饭都顾不上吃。我在外地工作，孩子一岁多就被送回到村里。两岁时我回去看他，他似乎有点懵懂，小眼珠一动不动地盯着我，突然扭头跑进屋里，端出一小竹筐炸好的小鱼小虾，笃定地说："大哥带我下河捉的，你吃吧！"接过筐子，我不由得心都融化了。

村中那棵古槐，树心已空，依然枝叶茂盛，被人们奉若神明。人们默默地仰望和祈求着心中所愿。而给我留下最深印象的是村西那棵皂角树，树冠旁逸斜出，如垂天之云，披着翠绿，散发着清香，蕴含着诗意。

皂角初成的时候，一串串挂在枝头，随风摇动，或似新月微弯，或似镰刀闪闪，那饱满的皂角籽圆鼓鼓地顶在皂角皮上，生动得活像精美的玉雕。喜欢皂角，不仅在于它的美，还在于它天生的去污功能，在那物质生活匮乏的年月，家家都会储存一些，用来洗衣刷灶，清洁环境。皂角树那巨大的绿色"帐篷"下，常常有老汉小伙端着饭碗、拿块馍，蹲在地上，三皇五帝、海阔天空地闲话。那敞亮那愉悦，一直叫人难忘。

集体化以后，树下又成了聚会议事、挂钟催工的地方。1967年，我高中毕业后，因为尽人皆知的原因，大学停止招生。我回到村里，不久就当上了党支部副书记。翌年，正是燕伴农耕时，生产队长到公社集中培训，敲钟上工的事自然落在我肩上。那天匆匆吃点饭，就忙着敲钟集合村民去了。等人聚齐了，按照上边要求，先学《毛主席语录》，再分派活计。匆匆间，我看见田合嫂一手拿铁锨，一手拿着馍卷，满头大汗，边走边吃地赶来。她那半缠半放的脚，趔趔趄趄，险些摺倒。田合嫂年轻时，白皙的面庞上有一双乌黑的大眼睛，总是带着甜蜜的笑意。此时，她显得憔悴，满脸通红，又有几分慌张。可不，田合嫂已是六个子女的母亲，照料孩子们，哪里还有她自己吃饭的时间？

我顿生怜意和愧色，意识到出工早了，忙喊："嫂子别急！"语音刚落，她挤入人群，撩衣抹了把泪。事后她告诉我，小女儿生病发烧。她的泪水，使我终生难忘，深感农人的艰辛和不易！

小村民风淳朴。文重叔呵护古槐的精细，海森哥佩戴着抗美援朝的徽章带领群众致富的执着，新乾嫂一个不识多少字的妇女，却培养出了几个大学生的成就，一切都无言地证明，普通的农夫农妇，也充满着馨香的境界。

老实巴交的金明哥，是个沉默的人，沉默到一天都不见他和人说几句话。村里让他养牛，他爱牛如命。夏天割青草，为牛打蚊蝇；冬天喂好料，为牛烘暖梳毛。这种对牛的情感演绎了暖心的一幕，令人动怀。

1960年，我还是个小学生。星期天，生产队长派我跟着金明哥的犁子撒豆种。只见他双手叉开，身子稍稍前倾，一手扶犁，一手扬鞭，口里打着“咊咊”声，伴着清脆的铃铛声，牛沉稳地摇着尾巴向前走。金明哥犁的地深浅均匀，墒沟平直，我也能利索地把豆子丢进去。不足一晌，我们就掩了将近一亩。慢慢地，他停了下来，脸色苍白，直冒虚汗，虚弱地说：“心难受，可能是饿了。”

我不知所措，顺手递过一把豆子，他摇摇头，执意不肯，说：“这一粒种就收万颗籽呀！队里信咱，咱不能吃，歇会儿就好。”末了，他接过豆渣，伸手喂给了身边的牛。11岁的我木木地站在一旁，心生几分敬意，似乎也平添了几分担当。后来跟着他，我学会了扶犁、摇耧，也学会了如何做人。

生产队长六合，住着茅园草舍，头发总是凌乱的，瑟瑟如秋后枯草。他的脸上难有晴朗，可谁都知道，他有一颗滚烫的心。有句话常挂在他的嘴边："人误地一时，地误人一年。"在平整土地时，他甚至提出了过高要求："地平如镜，土碎如面，畦直如线。"当时真有人对他的执拗态度不理解，可他愣是横耙、竖耙，精耕细作，一丝不苟地示范，不能不叫人佩服。冬季农闲，他组织社员拉土沤粪，土堆得像座小山，肥多水足，粮食产量着实比邻村的高出一截。

小村人文岁月久长，文化积淀深厚。村里的银匠、铁匠、木匠、绣娘等民间艺人在当地颇有名气，也为村里增添了各色荣光。尤其狮舞，每当喜庆节日，或者行香走会时，都能吸引十里八村的观众。

狮子舞，文武兼备：有时温文尔雅，细腻灵动，那抖身、舔毛、戏球、轻跳、慢踩踏板、与人亲昵等，形态逼真，风趣喜人，笑得人前仰后合，让人痛痛快快地享受了欢乐吉祥；有时矫健迅猛，舞姿与武术、杂技动作糅合，运用娴熟技巧，在高架上腾跃翻飞，在椅圈上凌空倒悬，在池塘上面展臂走丝。他们追求勇敢和坚毅，寄托的是太平、丰收、康乐的愿望。

配合舞狮表演的还有大镲、小镲、铜锣、大鼓等，那种震撼人心的交响，强劲有力，自由酣畅，给人一种奋进求上的力量。在那种氛围里，少有人生下垒城赌博的念想。

小村给我留下了太多的记忆，我没有能力把它还原得尽如人意，它已成为我心底永远难解的结和沉甸甸的思乡情。

香玉善行

常香玉，温润而泽，清香四溢的品德，舒扬悠远的声望，凝结着人们深深的怀念。她不仅将毕生精力献给了中华民族的戏曲事业，也为儿童事业的发展书写了浓墨重彩的篇章。

1983年河南省妇联设立少年儿童发展部，不久，少儿基金会便应运而生。少儿部的同志勤勉敬业，她们或徒步，或骑车，或搭乘，串机关，下企业，风风火火，东奔西走募集资金。一元不嫌少，万元不觉多，半年下来，初有成效。

在筹集活动中，遇一老者，他深情地讲述了常香玉义演捐献战斗机，筹资设立“香玉杯”培育梨园后生的壮举，并建议我们邀请她“出山”。我和少儿部的玉英、瑞云当晚就登门拜访常老，说明来意。“孩子们的事，说办就办，后天，咱就带剧团到中原油田慰问”，常老爽快地答应了。

第三天一大早，我们带了一辆普通的小面包车去接常老。客厅很小，中央挂着一个裸露的灯泡。她正在收拾餐桌，一个脱了漆的方形木桌，上面放着一碟咸菜，半碟豆酱，还有没吃完的半个凉馒头，我默然无语。一位声名远播的大家，生活这么简单，近乎有点寒碜，今天可是长途跋涉啊！

20世纪80年代初，河南没有高速公路，我们走的路有两段正在修补，车经安阳到濮阳，已是下午五点钟了。晚饭后，我和同伴商议，常老一路颠簸，明天任务繁重，晚上让她早点歇息。

一转眼，见常老的爱人陈献章老师拉条凳子，坐在卧室门前。他小声告诉我：“老常正在看稿子，我在这当门卫。”说完哈哈笑了。

我当时后悔，讲稿没有打印，字迹不好辨认。万万没有想到，她手中的材料是陈献章同志根据常老的思想理念，语言风格，量身打造，重新拟就的。

在慰问大会上，常老的讲话简练深刻，娓娓动人。她说：“儿童就是明天，为了明天的美好，希望大家都献点爱心。”她的话老到陈实，带着磁性，极富感染力。语音刚落，掌声雷动。后来，她的眼睛又落到工作人员身上，鼓励着儿童少年工作者不惜千辛万苦，千言万语为孩子们办事。她的鞭策、慈爱与温和，让在场的人按捺不住奉献的激情。

慰问演出的乐团班子，是她临时调用的。阵容整齐，热情洋溢，配乐可谓珠联璧合。常老连续多段的演唱，字正腔圆，运气酣畅，以声绘情，诗意隽永，那清澈与深沉的内在气质，与她扮演的传奇女英雄一样，令人叫绝。“不愧豫剧宗师！”台下的职工如痴如醉，站起来致意。

接下来，工会主席代表全体职工当场宣布为儿童少年基金会捐款20万元。20万元，这数字使我内心充满温馨和芬芳。它不仅是量的概念，更可贵的是精神。抗美援朝时期，她拿出多年积蓄，卖掉仅有的一部卡车和一所房子，率同人睡地铺，吃大锅饭，唱响中原，唱响全国，用义演所得，捐献战斗机，如今，年过花甲又出征，这是何等的高尚啊！

翌日上午，在工会主席的陪同下，常老到了钻井现场。那里旷野茫茫，虽是夏天，却因盐碱，草色发枯泛黄，地上显得斑秃，工人们满身是汗，脸庞被烈日晒得黑红黑红。见常老到了工地，他们迅速围了上来。常老迎上去说："你们辛苦了！大家不顾白天黑夜，风有多大，天有多热，都坚持施工。"一个年轻人略显稚气，急忙接过话茬说："常老师太了解了！我们在荒郊野外，与家人聚少离多，有时候几个月才回去一趟，夜里望着月亮想孩子，白天瞅见太阳想爹娘。"我听着难受，但这场面感觉却是那样美，那样真切。在自然融洽的氛围中，常老放开歌喉，为钻井工人唱起了豫剧。此时此刻，我仿佛看到了她在硝烟弥漫的朝鲜阵地上慰问亲人志愿军的情景。

带着一张凝结着常老殷殷心血、石油工人为儿童少年捐赠的崭新支票，我们踏上返程的路。临行前，油田后勤负责人放到车上十几个馒头，一包切好的酱牛肉，作为几个人的午餐。不知道是愉悦感还是车速加快的缘故，我们下午三点就到了黄河北岸，在这里等候黄河大桥车辆放行。

郑州黄河大桥，是黄河上修建的第一座铁路大桥，是中华人民共和国成立以前［清光绪三十二年（1906）通车］最长的桥，1969年在旧桥上加筑钢筋混凝土板，又成公路桥，只能定时单向放行。我们在路边的麦茬儿地里吃干粮。地上的土冒着烟，天上的云被太阳烧化了似的，身边一棵小树被晒得耷拉着脑袋，田里的飞虫时不时地袭在脸上。常老的衬衣被汗水湿透了，她拉拉衣角，用包干粮的报纸轻轻地扇着，显得悠然自得。看着鬓发苍白的艺术大家，我倒觉得愧疚，低声道歉："考虑不周，忘带伞啦。"常老不介意地说："咱都一样。"手指着浸透岁月沧桑的大桥说："你看黄河桥，足下淌水，身上跑车，哪怕烈日狂风，雪欺霜辱，它都如磐石一般，坚定执着。要办成事得有大桥的精神，咱这次去濮阳看看忙碌的工人，集点钱扶助弱小的儿童，值啦！"

回眸难忍泪千行，常香玉大师去了。她留下的不仅是一笔少儿基金，还有香玉精神。精神永远是一面旗帜。

钓　趣

退休了，备一壶闲茶，带一套渔具，约三五好友，驱车来到乡下，寻一僻静鱼塘，垂丝浅钓，感受没有喧嚣的恬静。

这天，我又和几位老友一起出发了。我们下了公路，踏上小道，走过弯曲逼仄的田埂，无意间找到一方“野塘”。塘有十亩开外，塘岸野草半尺有余，草色有些秋黄，但零零散散还开着不少野花。塘沿有点塌陷，飘须般的藤蔓细茎从塘壁斜下，好似一挂挂幕帘。水面飘着几片落叶，水里映出岸边白杨的倒影，更使环境显得清幽静谧。

这种感觉真好，适合垂钓。我和老友就着草香，找寻自己心仪的钓处。大家或站或坐，惬意运作。我找了个阳光充足的地方坐下，抽鱼竿、拴鱼线、调鱼饵，很快准备就绪。

我用的是短竿，小钩细线。当把线轻轻地抛出，水面随即荡起一片涟漪，鱼浮由平到侧，自然垂直，我的心也随之沉静下来。

静待鱼儿上钩的过程，也是宁神养心的过程。或听风看云，或赏蜂蝶绕花，或问列队南飞的雁儿，何时方归？这过程，让我忘却了世间名缰利锁，让我不再思考过往跌宕浮沉。此刻，咱就是个头顶“箬笠”、身披“蓑衣”的老渔翁！再说直白些，头戴遮阳帽，身穿防风衣，就是个有着美丽心情、淡定从容的渔者。

一阵微风吹过，水面在阳光的照射下熠熠生辉。突然，塘里有鱼儿跳出水面，激起一串银花。“塘里有鱼！”老朋友们顿时兴奋起来。

大约个把小时，我的鱼浮始有摇动，浮漂前泛起水泡，但立刻平静下来，继而又摇摇点点，缓缓沉下，没入水中，我连忙拉鱼竿，旁边的老友也开怀大喊，“鱼上钩啦！”并笑着拿来抄网，俯身帮我去捞鱼。谁知，鱼儿一个反侧，推开一层水波，溜走了。鱼再次游近，老友再伸臂抢抄，没想到又失抄了。“哈哈！是鱼儿离不开水哟！”老友打趣道。

事未过三，老友终于帮我把鱼捞上了岸。这是一条鲤鱼，它短须、小口、肥臀、圆眼，红尾红鳍，金黄光亮的鳞，令人生喜。

不远处，一位老乡拿着唱戏机，咿咿呀呀地哼着唱段慢慢走来。他看到我们，布满皱纹的脸上满是笑意。交谈中得知，他就是这个“野塘”的主人。鱼塘以前不曾经营垂钓，成鱼之后卖给中间商，两年前家里有事就废塘了。清塘时，仅留下一点小鱼儿。

“我来看看鱼塘，却见到你们垂钓，不过这倒是提醒了我。我想重操旧业，拓展经营，明年你们再来，我要给你们提供一个钓鱼的好环境。”他话音刚落，我又钓上一条线条肥美的鲫鱼。

老乡的热情，钓到鱼的兴奋，还有周边亮丽的景色，组成了一幅“天人和谐，岁月静好”的图画。其实能否有收获并不重要，我和老友安享暖阳，愉悦身心，饱餐田园风光才是本真。

红霞落日恋山乡，人抚钓竿醉清塘。告别鱼塘的那一刻，我不舍地说：“我会再来与你相会。”

附录

作者手迹

余从政数十年，沐浴党的阳光，走过平湖烟雨，跨过岁月山河，尝过百味人生，虽尽心尽力，干事干净，但为民效力多有不尽人意。深感驾驭命运的能力将是一生不懈的奋斗。

退休后，在这素简的日子里，守心自暖，安放好生灵，余疏而幽窗，静坐读书；兴趣所致，习作诗赋。尽管才疏学浅，但愿将所为所见所感和生活中不经意的瞬间摘下，攒一段流年时光，留一份相随的爱；剪一寸风雨里漫生的绿意和小小的盛开，藏一枝翠色的美。

说实话，我爱诗而不懂诗，更不懂格律严谨的近体诗。所吟成之作，多失律、失对。遂急切地参加了河南诗词学会牛蕴同志举办的网上格律诗词培训班，继而眼界大开，方知深浅。但初始之作，仍纤弱无力，索然寡味，常常纸就。牛老师对此不弃拙见，多次悉心辅导，特别使余惊殊的是他给予的一字千金的修正，竟使诗句达到别出新意，振起全篇的艺术魅力。在此深表敬意！

同时对支持余诗心宇持的河南省诗词学会的领导、方家表示诚挚的感谢！

后 记

余从政数十年，浴沐党的阳光，走过平湖烟雨，跨过岁月山河，尝过百味人生，虽尽心尽力，于事干净，但为民效力多有不尽人意，深感驾驭命运的舵将是一生不懈的奋斗。

退休后，在这素简的日子里，为守心字暖安放好生灵，余疏雨幽窗，静然读书，兴趣所致，习作诗赋。尽管才疏学浅，但愿将所为所见所感和生活中不经意的瞬间摄下，攒一段流年时光，留一份相随的爱，剪一寸风雨里漫生的绿意，藏一枝翠色的美，摘一朵小小的盛开。

说实话，我爱诗而不懂诗，更不懂格律严谨的近体诗。所成之作，多失律出韵。遂急切地参加了河南诗词学会牛蕴同志举办的格律诗词网上培训班，继而眼界大开，方知深浅。但初始之作，似纤弱无力，索然寡味，常常低就。牛老师不弃拙陋，悉心辅导，特别使余惊殊的是他“一字千金”的修正，竟使一些诗句达到了别出新意、振起全篇的艺术魅力。在此深表敬意！

同时，对支持余诗心守持的河南诗词学会的领导、方家，也表示诚挚的感谢！

王菊梅

2023年6月10日